織田家の悪役令嬢

一

小鳥遊真
イラスト 月戸

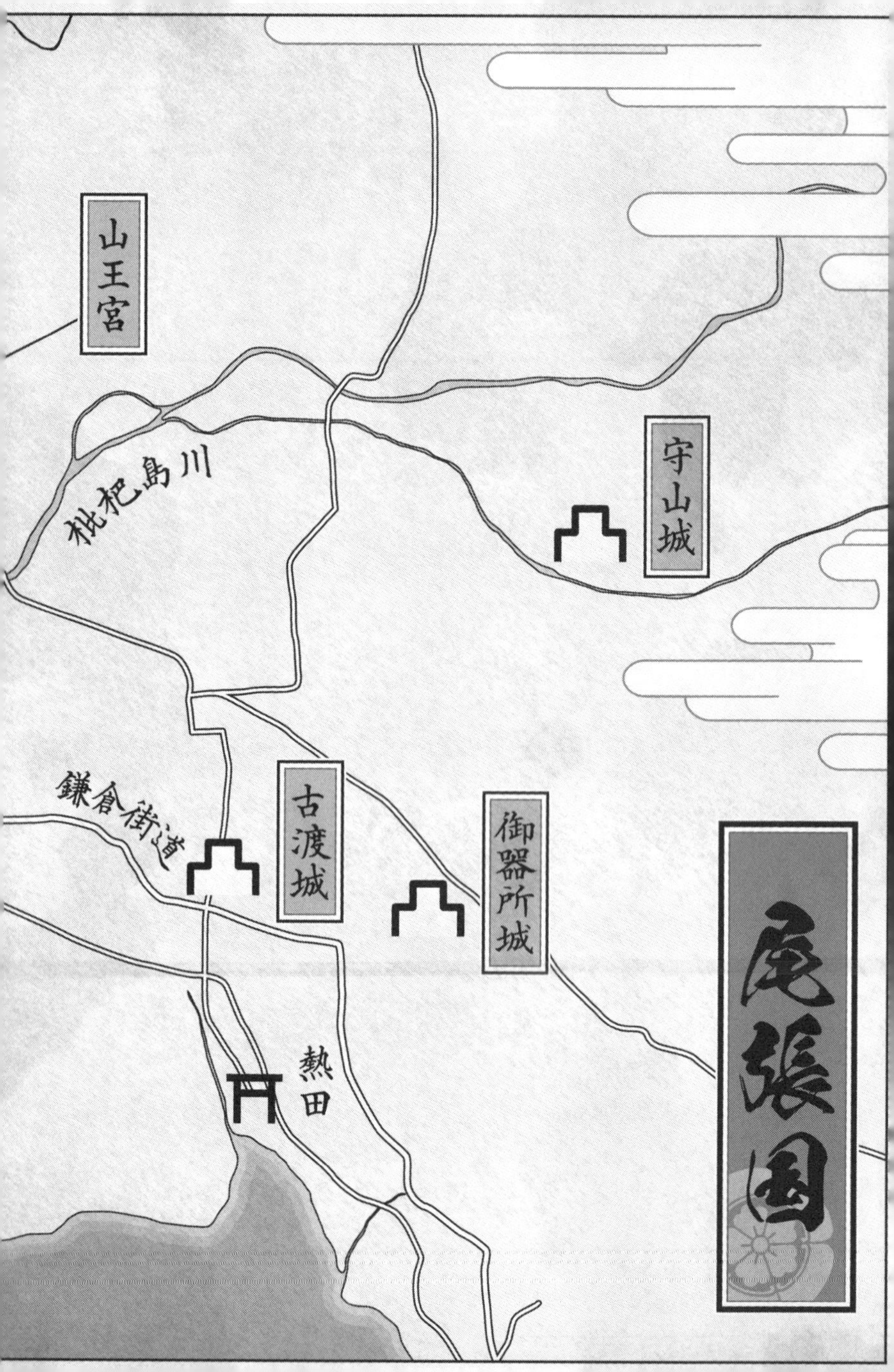

尾張国
山王宮
守山城
枇杷島川
古渡城
御器所城
鎌倉街道
熱田

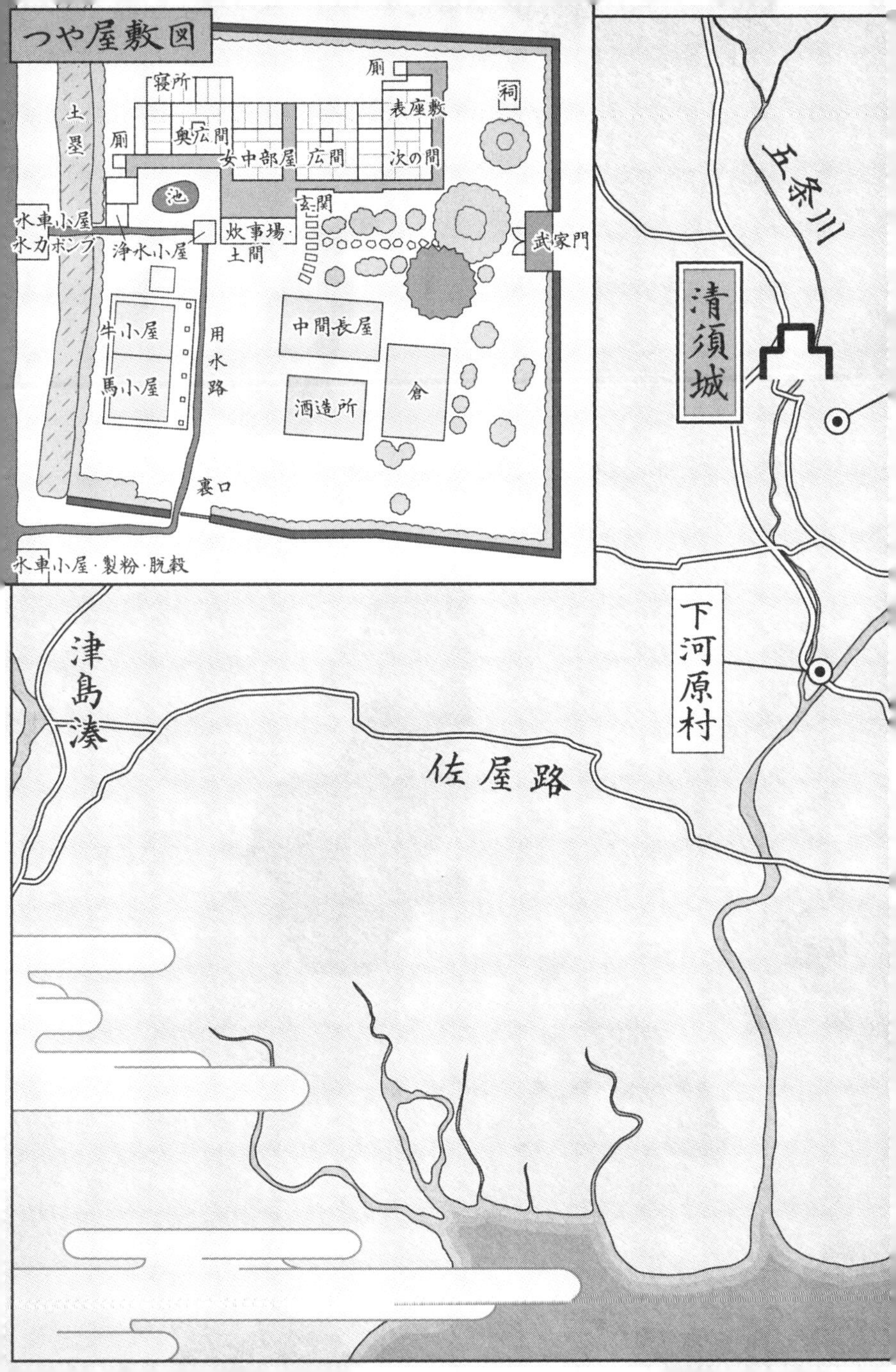

つや屋敷図
寝所
厠
表座敷
祠
土塁
厠
奥広間
女中部屋
広間
次の間
池
玄関
水車小屋
水力ポンプ
浄水小屋
炊事場・土間
武家門
牛小屋
馬小屋
用水路
中間長屋
倉
酒造所
裏口
水車小屋・製粉・脱穀
五条川
清須城
下河原村
津島湊
佐屋路

目次

序章　天正三年（一五七五年）　一一月二一日『処刑、そして再臨』

苦しい。気持ち悪い。つらい。

頭がガンガンと痛み、ぼうっとする。

甥の信長に逆さ磔《はりつけ》の刑に処されてから、もういったいどれぐらいの時間が経っただろうか。

わからない。もう正直、気が狂いそうだった。

逆さ磔の刑が最も過酷で残酷だと言われる理由がよくわかった。

最初の頃は大したことはなかった。

だけど頭に血が上ってきてからが地獄だった。

体重が肩にかかって痛いし、呼吸もできないし、眠ることさえできない。

早く！　早く殺して！

この苦しみから解放して！

ただそれだけが、わたしの望みだった。

だが、苦しみは続く。

いつまでもいつまでもいつまでも！

「はっ!?」

気が付くと、わたしは学校の机の上にうつ伏せていた。

ここは……学校?

わたしはつや……じゃない。高尾瑠璃《るり》、七歳の小学二年生だ。

「ゆ……め……?」

思わずつぶやく。

それにしては、あまりにも、そうあまりにもリアルな夢だった。

わたしは夢の中で、つやという名の女性だった。

織田信定《のぶさだ》の娘として生まれ、四度結婚し、そしてその全てと死に別れた。

そして最期はわたしも、甥である織田信長に……

「ううん、こんなの絶対夢じゃない!」

なぜって思い出せるのだ。

人生のすべてが。

初めての夫の顔も、名前も。確か日比野清実《ひびのきよざね》殿だ。

初夜の時にとても緊張したことも。

戦死と聞いた時の悲しみと絶望も。

二番目の夫は、結婚してすぐに戦に駆り出され、ほとんど顔を見ることもなかったけれど、三番目の夫の遠山景任《とおやまかげとう》殿とは、子供こそできなかったけどけっこう仲良くやれてたと思う。

甥の信長から養子、御坊丸をもらい、この子もわたしにとても懐いてくれて、めちゃくちゃ可愛かったのを覚えている。

でも幸せはいつまでも続かなくて、景任殿も結局わたしを置いて戦場での怪我が原因で病死。

まだ跡継ぎの御坊丸は小さくて、わたしが代わりに岩村城の女城主として頑張ったのだ。

それはもう必死に必死に頑張ってたんだけど……

武田家の将、秋山虎繁《とらしげ》に攻められて包囲されて……

なんか一目惚れされたのよね～（笑）

「おつや殿！　俺の妻になってくだされば、御坊丸殿の命も、領民と兵士の命も保障しましょう。俺が欲しいのは貴女だけです！」

皆の命もかかっていて、わたしはこの求婚を受け入れざるを得なかった。

少なくとも、当時のわたしにはそうするしか道はなかったのだ。

最初は敵ってことで反発もしていたんだけれど、そんな熱烈に愛してもらえると、わたしも悪い気はしない。

一男一女と子宝にも恵まれた。

ずっと子どもを授かれずにいただけに、本当に嬉しかった。

多分あの時が、人生で一番幸せだったと思う。

このまま子どもたちに囲まれて静かに穏やかに暮らせれば、と。

けどやっぱり幸せはそう長くは続かなくて……

夫の虎繁が守る岩村城は天正三年、信長の嫡男、織田信忠に攻められ、包囲されてしまう。

決死の反撃をするも撃退され、わたしたちは降服したのだ。

今は敵同士になってしまったといっても、信長は実の血を分けた甥、謝れば許してくれる。

そう信じていたのだけれど、

「なぜ!? 降伏すれば命だけは助けてくださると!」

「やかましい！ この織田家に仇為《あだな》す疫病神が！ 死んでその罪を償え！」

激怒した信長にずっと仕えてくれていた家臣たちも皆殺しにされ、わたし自身も逆さ磔の刑に処され……

ぶるっ！

思わず恐怖に身体が震える。歯がカチカチと鳴る。

殺された家臣たちの顔が次々と脳裏に浮かぶ。

罪悪感と後悔で、胸が圧し潰されそうだった。

もう二度と、二度とあんな目には遭いたくない。

「って、そんなことにはならない、よね」

記憶にあるのは幼稚園の年長ぐらいからだけど、それでも今がとても豊かで平和な時代であることぐらいはよくわかる。

ご飯は美味しいし、お菓子はとっても甘いし、娯楽もいっぱいあって毎日が楽しい。

「せっかく生まれ変わったんだもの。今を楽しもう」

グッと拳を握り、わたしは誓いを新たにしたのだった。

そしてその後、普通に大学を出て、普通にＯＬとして働いて、歴女として充実したお独り様ライフを送っていたのだが……

「って、なんでまたつやになってるのよっ!?」

気が付くと、また戦国時代に舞い戻っていた。

ホワイ!?

第一話 ✲ 天文一〇年（一五四一年）一〇月上旬『素戔嗚の巫女にわたしはなる！』

「落ち着け。とにかく落ち着こう、わたし」

まずは深呼吸して心を落ち着けつつ、わたしは周囲を見渡す。

懐かしい、実に懐かしい景色だ。

だが、今のわたし、高尾瑠璃の記憶ではない。

はるか遠い、今や記憶さえ朧気《おぼろげ》になってしまった、織田つやの記憶にある部屋だ。

「夢、だよね？」

思わずほっぺたをつねってみる。

普通に痛い。

いったいどうして!?

記憶を思い返してみる。

わたしは田舎への里帰りのため車を運転していて、対向車線にいたはずのトラックが雪でスリップでもしたのかいきなりこっちに突っ込んできて……

そこからの記憶がなかった。

「もしかしてわたし、死んだ？　それともこれは死に際に見る夢なのかしら？」

まったくもって珍妙というしかなかった。

とりあえず夢ならそのうち覚めるかなとか思って様子見するも、一ヶ月経っても二ヶ月経っても一向に覚める兆しがない。

正直、かなり困る。

両親とは色々あってちょっと疎遠になっているが、普通に親友と呼べる人間は少なからずいる。

その人たちを泣かせたくはない。悲しませたくはない。

わたしだって別れたくはない。

ないんだけど……

「どうやらここで、またつやとして生きていくしかないみたいね」

目元を袖で拭ってぐすっと鼻をすすり、わたしは腹をくくる。

事ここに至っては、もう認めざるを得なかった。

これはもう夢じゃない、と。

「さて、となると、どうしようかしら」

頬に手を当てつつ、わたしは考える。

はっきり言って、前と同じ人生を送る気はさらさらなかった。

四度夫に先立たれたあげく、最期は逆さ磔の刑なんて絶対に絶対に嫌である。

「まず遠山家に嫁ぐわけにはいかない、か」

良い人だったとは思うし、家臣たちも親切でよくしてくれた。

だからこそ、何がなんでも回避しなければならない。

その先にあるのは、あの絶滅エンドなのだから。

「どうせならもう、結婚そのものを回避しておきたいところね」

やっぱり旦那に置いていかれるというのは、つらい。怖い。

そこに愛はなかったとしても、情はやっぱり出てきちゃうから。

これでまた結婚して、すぐに死なれちゃったら？

自分は本当に夫を呪い殺す疫病神なのでは？

そう思うと、どうしても結婚に二の足を踏んでしまう。

だから前世でも、出会いがないわけじゃなかったけど結婚はしなかったのだ。

「とはいっても、信秀兄さまはきっと許してくれないわよね」

信秀兄さま——織田信秀の顔を思い浮かべつつ、やれやれとわたしは嘆息する。

この時代、高い身分の娘に恋愛の自由などない。

家と家の結びつきの為、政略結婚が普通であり、結婚は家長が決めるものなのだ。

そこにわたしの意思が入り込む余地など一切ない。

このままでは間違いなく、わたしは最初の夫である日比野清実の下へ嫁かされてしまう。

彼のことは決して嫌いではないけれど、もう夫と死に別れるのはごめんである。

「今七歳で、確か結婚は髪結い後だったから、あとたった五年か」

その間になんとかするしかないのだけれど、難しい。

そもそも七歳のわたしにいったい何ができるというのか!?

大名の姫といっても、金も領地もない。

動かせるのは二人の側仕えの女中ぐらいである。

「でも、諦めるわけにはいかないのよね」

諦めたら試合終了どころか、人生終了である。

わたしは、自由の楽しさを現代で知ってしまった。

もう昔の感覚には戻れない。

この時代でも自由気ままなおひとり様ライフを過ごすのだ！

ならどうすればいい？

わたしは考えて考えて考えて――

「よし、決めた。神を降ろそう！　うん、それしかない！」

そう結論付けたのだった。

もちろん、わたしにはそんな神通力などはない。

だが、前世の縁もあり歴オタだったわたしには、二一世紀の未来の知識がある。

これを利用すれば、神のお告げを装うことはそう難しくはないはずだ。

そうしてわたしの価値を高めて、結婚したら霊性を失うとか言えば、信秀兄さまも他家に嫁がせようとはしなくなるかもしれない。

「今は天文一〇年、だったわね」

確か天文は二四年まで。

その最後の年に、厳島の合戦があったはずだ。

はるか遠方の中国地方のことだけど、すごい大勝利だった、西国には毛利元就というすごい大将がいる、と当時評判になっていたのをよく覚えている。

とあるゲームのシナリオの開始がちょうどその厳島の合戦で、それが一五五五年だった。

そこから一四を引いて……

「西暦に直すと、今は一五四一年か」

西暦《こっち》のほうが今のわたしにはなんだかんだ馴染み深いし、わかりやすい。

うん、ちょうど来年いい事件があるじゃない。

同じくゲームのシナリオの開始年だったから、よく覚えている。

これを言えばきっと、信秀兄さまはわたしの言葉を無視できなくなるはず。

わたしは絶対の確信とともに、にんまりと笑みを浮かべるのだった。


「信秀兄さま、つやでございます」

早速わたしは、信秀兄さまの部屋を訪れていた。

善は急げというやつである。

「うむ、入れ」

室内より声がかかり、わたしの女中が障子を開く。

奥にいたのは、渋さと厳しさを漂わせるダンディなイケオジである。

その鋭い視線と目が合った瞬間、ぞくっと背筋に寒気が走った。

さすがは尾張の虎とまで言われた傑物だった。

その圧に、思わずゴクリと唾を呑み込む。

「失礼いたします」

動揺を表に出すことなく、わたしはしずしずと入室し、部屋の中央で正座し信秀兄さまと向かい合い、頭を下げる。

「この度は急なお願い、聞き入れてくださり……」

「ああ、よいよい。さっさと用件を言え。わしに直に伝えたいことがあるんじゃったな？」

信秀兄さまはひらひらと手を振って、続きを促す。

やはりあの織田信長の父だけあって、ずいぶんとせっかちなひとだった。

だが、わたしとしても望むところである。

「では早速。昨夜、私の枕元に素戔嗚尊《スサノオノミコト》様が現れ、言伝《ことづて》をして参ったのでございます」

「ほう、素戔嗚尊とな？」

わたしは神妙に頷くも、もちろん、ただの方便である。

元々、織田家の出白《ルーツ》は素戔嗚尊を御祭神とする越前の劒神社《つるぎじんじゃ》の神官であり、今わたしがいるこの古渡城《ふるわたりじょう》の近くにある熱田神宮には、その素戔嗚尊の持っていた草薙剣《くさなぎのつるぎ》まで奉納されている。

実におあつらえ向きじゃん！　とその名を拝借したに過ぎない。

神の名を騙《かた》るなど罰当たりもいいところだが、切羽詰まっているのだ。

余裕が出来たら、そのうち寄進とかするので勘弁してもらおう。

「で、なんと申しておったのじゃ？」

頬杖を突きつつ、つまらなさげに信秀兄さまは問う。

興味がないのが丸わかりである。

信秀兄さまはあの信長の父らしく、合理主義の現実主義者だ。

おそらく子供の戯言《ざれごと》だとでも思ったのだろう。

これはもしや打つ手を間違えたか？

でも今更言わないのも逆に変だし言ってしまえ。

「はい。素戔嗚尊様は仰いました。この一年の内に、斎藤道三《さいとうどうさん》が謀反を起こし、国主土岐頼芸《ときよりあき》を追放し、美濃を我がものにする、と」

「っ!?　なん、じゃと!?　……さすがににわかには信じられんな。だが、七歳のおなごの言う言葉でもない」

ううむと、信秀兄さまは眉間にしわを寄せる。

よし、最初は反応鈍くてどうなることかと思ったけど、隣国の大名として、これはさすがに聞き捨てならなかったらしい。

「信じる、信じないは信秀兄さまにお任せ致します。ただ、これはお伝えせねばと思いましたので」

「そうか、大儀であった」

「はい、ではこれで」

わたしはスッと頭を下げて、そそくさと退室する。

ふぃぃぃぃ、任務完了！

すっごい緊張したけど、とりあえず及第点の出来かな。

まだせいぜい半信半疑ってところだろうけど、ここまで具体的に予言したのだ。

当たればわたしの言葉に耳を傾けるようにもなってくれるはずだ。

いやぁ、一年後が楽しみだなぁ。

なんて感じでほくそ笑んで自室への帰路を歩いていたその時だった。

「あいたっ！」

突如、頭に衝撃と激痛が走り、わたしはその場にうずくまる。

い、いったい何が起きたの!?

ふと視界の端に、半分潰れた柿が映る。

もしかしてこれをぶつけられた!?

「おい、きさまぁっ！　父上の部屋で何をしていた!?」

「きゃあっ!?」

激しい怒りの声とともに、髪を引っ張られる。

「痛い痛い！　何すんの!?」

半ば反射的に、振り返りざまわたしは相手の顔目掛けて平手打ちをかます。

ばちぃん！

「ってえ！　きさま、何しやがる!?」

「それはこっちの台詞《せりふ》！　って、あんたは！」

わたしも怒鳴り返し、そこで相手が誰だか気づく。

見覚えのある顔だった。

もう最後にその顔を見てから数十年経つし、その最後に見た時よりはるかに若いが、忘れようはずもない。

吉法師《きっぽうし》――元服後の名は織田信長。

前々世においてわたしの一族郎党を殺し、逆さ磔の刑にした張本人だった。

「生意気な！」

ぶぅんっと大振りの拳が、目の前を通過する。

ちょっと!?

いくら子供だからって、女の子を思いっきり殴ろうとする普通!?

「危ないじゃない！」

「うるせえ！　避《よ》けるな！」

理不尽なことを叫ぶと同時に、また殴りかかってくる。

今度はかわせず、なんとか腕で受け止めるも、やっぱり痛い！
「いい加減に……しろ！」
ここまでされて黙ってられるか。
相手が織田家の嫡子とか知ったことか。
前々世からの恨みを喰らえとばかりに、わたしも再びびんたを放つ。
が、ぱしっと手首を摑《つか》まれる。
それならっともう片方の手で殴りかかるも、それも摑まれてしまう。
なんとか逃れようとするも、相手の力が強く逃げられない。
「ふんっ！」
がつぅん！　と鼻に強烈な衝撃が走る。
あまりの激痛と勢いに、わたしは思わずその場に倒れ込む。
も、もしかしてこいつ、頭突きしやがった⁉
くあああ、マジで痛い！
ほんと信じらんない！
「はっ、まだまだっ！」
がんがんがん！
調子に乗った吉法師が、わたしに馬乗りになって次々と顔目掛けて拳を振るってくる。
わたしはなんとか両腕でガードするも、防ぎきれない。

何発かもらってしまう。

痛い。

だがそれ以上に胸の中にうずまくのは怒りである。

ただただ悔しかった。

またこいつにいいようにボコられてる自分が。

何もできず亀のようにして身を守ることしかできない自分が。

「なんだ!?　おい、何をしている!?　吉法師！」

信秀兄さまの声が響き、すぐさまわたしに乗っかっていた吉法師をひっぺがしてくれた。

ふう、とりあえず助かった。

でも、顔も腕もじんじん痛い。

正直わんわん泣きたい。

でも泣いたらなんか負けた気になるので必死に我慢する。

絶対に心までは屈したくなかった。

「なぜこんな事をした？」

ボロボロになったわたしに視線を向けた後、信秀兄さまはギロリと吉法師を睨みつける。

「あいつが、父上の仕事の邪魔をしたから、成敗したんだ」

「はあっ!?」

そんなもん、まったくした覚えはない。

いやまあ、確かに時間とってもらったと言えばそうだが、きっちり有益な情報を渡している。

しかも用件を伝えるや、さっさと退室もしている。

責められるいわれはまったくない。

「俺でさえ父上には滅多に会えないんだ。貴様ごときが父上の時間を奪うな！」

ちょっと!?

もしかしてたったそんだけでわたしに殴りかかってきたわけ!?

そりゃあ小さい子が両親に会いたい気持ちはわからないでもないが、だからって女の子にここまで暴力を振るっていいはずがない。

ハッとわたしは鼻で笑ってやる。

「わたしなんか、父上の顔も母上の顔も知らないわよ。生まれてすぐどっちも死んじゃったからね。ちゃんと生きてて会えるだけ全然マシじゃないの。甘ったれんな」

相手が信秀兄さまの嫡子で、信秀兄さまの目の前だ。

黙っていたほうがいいのかもしれないけど、知ったことか。

ここまで殴られて、前々世の恨みもあって、愛想笑いできるほどわたしは人間できてない。

「ぐっ、な、なんだとぉっ!?　あだぁっ!?」

わたしの言葉に再び激昂しかけた吉法師だったが、その頭にごちんっと信秀兄さまの拳骨が振り下ろされた。

へへん、いい気味だ。

「だいたい事情は察した。愚息が酷《ひど》いことをした。代わって謝ろう。済まなかったな」

信秀兄さまがわたしの方を振り向き、ペコリと頭を下げてくる。

「なっ!?　父上が謝ることなど……」

「やかましい！　お前はしばらくの間、部屋で謹慎じゃ！　頭を冷やせ、うつけが！」

「ぐっ」

尾張の虎の大喝に、さすがの後の天下の覇者も怯《ひる》んだようだった。

キッとわたしを物凄い形相で睨みつけ、

「お、覚えてろよ！」

三下のような捨て台詞とともに、走り去っていく。

「まったく……あやつのやんちゃには困ったものだ」

そう言葉では言いつつも、信秀兄さまはふふっと楽し気に笑っている。

まあ、今は戦国の世だ。

信秀兄さま自身、一介の奉行の身から、戦国大名へとなりあがった人である。

親に怒られてシュンとなるおとなしい子より、ああいう負けん気の強いほうが、跡継ぎとして頼もしいと感じるのだろう。

と、頭ではわかるのだが、被害者のわたしとしては全然納得がいかない。

散々殴られたってのに、その加害者は全然反省してなくて、その父親もそんな息子のやんちゃぶりを内心では嬉しく思っているとか、正直ふざけんな！　である。

このやり場のない怒りをどうしろっていうの!?

ああ、なんかふつふつと思い出してきた。

家臣たちを殺されたあの悔しさ、悲しさ、罪悪感。

逆さ磔の刑の痛み、苦しさ、つらさ。

前世でも何度夢に見て、飛び起きたことか。

(やっぱり許せないわ。この恨み、晴らさでおくべきか!)

絶対、ぜったい、ずぇえったい!

ぼっこぼこのずったずたにして、最後は逆さ磔の刑に処してやるからなぁっ!

覚悟しろよ、織田信長ぁっ!


「まず考えつくのは誰かを雇って誘拐、かしら?」

部屋に戻るや、わたしは早速、犯行計画を練り始めていた。

即断即決、思いついたら即実行。

それがわたしである。

できれば自分一人でやりたいところだが、所詮、七つの女の子だからね。

実力行使は、ちょっと難しい。

やはり人の力を借りる必要があるだろう。

「庄内川《しょうない》の川原で衆人環視が望ましいけど、この際贅沢は言わないわ。どっかの農家の納屋を借りて、そこで逆さ磔ね」

夜誰もいない空間で独り死が近づくのに怯えるのだ。

どんなに苦しくても泣き叫んでも誰も来ない。

助けてくれない。

あの三日三晩の絶望を、ぜひ信長にも味わってもらいたい。

「……三日三晩かぁ」

その間、誰にも気づかれずにってのは、ちょっと厳しいよなぁ。

曲がりなりにも、信長は織田弾　正　忠《だんじょうのちゅう》家の嫡子だし、行方不明ともなれば領内を大々的に捜索とか行われそうである。

そうなったら当然、わたしも主犯として捕まって……

ぶるぶるっとわたしは身体を震わせる。

ヤバいヤバい。

これ、どう考えてもわたしのほうが逆に逆さ磔にされるパターンだ。

やるならまず身の安全を確保してからだ。

「この案は却下ね」

あの刑に処されるのだけは、もう二度とごめんである。

うん、なんか磔にされる自分を想像したら、ちょっと冷静になってきた。

ぷしゅるるるるっと自分の中の怒りが急激に抜けていくのを感じる。

昔から熱しやすいけど冷めやすいのよね、わたしって。

「まあでも、逆さ磔にするかどうかは別にして、あの馬鹿をどうにかしておきたくはあるなぁ」

あんな奴が当主じゃ、いつまた処刑されるかわかったもんじゃない。

正直、何が地雷かまるでわからないし、そのくせ感情的に暴発するし。

あいつの一挙一動にいちいちビクビクするなんて人生、まっぴらごめんである。

とりあえずなんとか織田家当主の座ぐらいは剝奪しておきたい。

「あっ、そうだ！」

信長の敵対勢力に付き、こっそり支援するというのはどうだろう？

差し当たってはまず、信長の実弟、織田信行あたりだろうか。

確か信秀兄さまの死後、織田家の当主を巡って対立するはずだ。

「うん、これいい案かも」

信長は勝利こそしたものの、けっこうギリギリの戦いを強いられたと記憶している。

わたしの行動いかんで勝敗が覆るなんてことも、十分有り得そうだ。

「となると、やっぱり神託の信用を高めるのが最善ね」

うんとうなずく。

いくつも的中させて神託の信ぴょう性を上げた状態で、「跡継ぎは信行こそ相応《ふさわ》しい」とか言えば、信秀兄さまは信長を跡継ぎ候補から外して、信行を跡継ぎに指名してくれるなんてこともあるかもしれない。

そこまでいかずとも、いざ兄弟対立となった時、史実では信長に味方した人間で、信行側につく者も少なからず出てくるだろう。

敵の味方を削り、自身の味方を増やす、まさに一石二鳥、いや婚姻の自由を得る意味でも使えそうだし、一石三鳥のナイスアイディアである。

「……でもこの先、あんまり大きな事件ないのよね……」

実際はあったのかもしれないけれど、当時のわたしは子供である。

ぶっちゃけほとんど覚えていないのだ。

二一世紀で学んだ知識として、一五四三年の鉄砲伝来と、一五四五年の川越夜戦などは覚えているけど、尾張からは遠方過ぎてちょっとパンチが弱い。

一五四七年には加納口の戦い、一五四八年には小豆坂の戦いと、尾張でも大きい戦があるんだけど……その辺りにはもう、わたし結婚させられてるしなぁ。

信秀兄さまに伝えた予言だけでは、ちょっと結婚回避や発言力を高めるという点ではまだ弱いだろう。

ん～～～～。

「とりあえず、この時代にないものを作って、神託があったってことにするか」

わたしはパンッと手を打ち鳴らす。

前世でつやの頃の記憶のあったわたしは、これ戦国時代だったらどうするんだろう？　って想像することがけっこうあったのよね。

それらを実践するいい機会だった。

「よし、そうと決まればまずは市場調査ね！」

すでにもうアイディアはいくつか思い浮かんでいるが、技術的にも資金的にも作れるものは限られている。

この時代に何があって何がないのかも、よくわかっていない。だってわたし、つやの頃は姫様育ちだし、そういうのにちょっと疎かったのだ。

この時代にちゃんとあるもので、この時代の技術で作れて、この時代の人々が必要としていて、かつそのアイディアに皆がびっくりするもの。

それを見定めるには、やはり直に人々の暮らしぶりを見て回るしかない。

そんな強い決意とともに、わたしは意気揚々と城下へと向かおうとし――

「なりませぬ、姫様。お一人で城下に出るなど危険すぎます」

門番に却下されてしまった。

少し押し問答するも、全く通してくれる気配がない。

そっか。そういえばそうよね。

ついつい二一世紀の感覚だったけど、ここは戦国時代。

こんないかにも裕福な身なりの子供がひとり町を歩いていたら、誘拐してくれって言ってるようなものである。

「ねえ、ゆき。明日、城下に出たいんだけど、付いてきてくれない？」

自室に戻ったわたしは早速、側仕えの女中に声をかけてみた。

ゆきは年の頃は二五歳前後、落ち着いた雰囲気の女性である。

乳母として生まれたばかりから仕えてくれている、わたしが最も信頼しているひとだ。

「まあ、お珍しい。どうされたんです?」

ゆきが驚いたように目を見開く。

まあ、前世の記憶が蘇る前のわたしって、外より部屋の中で遊ぶのが好きなインドア派の子供だったからね。

訝《いぶか》しむのも無理はないか。

「別に、ちょっと興味が湧いたの」

「そうでございますか。ここ数日は何やらふさぎ込んでおられたようですし、吉法師様の件もございます。気晴らしには丁度いいかもしれませんね」

うんっとゆきが頷いてくれる。

よっしゃあ!　これで外に出られる。

「とは言え、さすがに私一人では心もとないですね」

「はいはーい、じゃああたしも行きまーす」

陽気で調子のいい声が割り込んでくる。

彼女ははる。

年は一五歳。昨年から行儀見習いも兼ねて城仕えとなり、わたしの担当になった子だ。

「貴女、仕事をサボりたいだけでしょう？」

「それは否定しません。そっちのほうが明らかに楽しそうじゃないスか」

臆面もなくきっぱり言い切るあたり、バカ正直である。

おいおい、もうちょっと言葉を選ぼうよ。

「はぁ、貴女って子は……」

ゆきが額を押さえながら、疲れたようにため息をこぼす。

教育係でもあるゆきには、はるのこの奔放さはまさしく頭痛の種といったところか。

まあ実際、前々世でははるのこういうところがわたしもカチンときて解雇してるしなぁ。

ただ、わたしも人生経験を経て成長したのだろう、逆に今は好ましくさえ感じていた。

こういう子は確かに気遣いとかはできないけど、裏もないから実は付き合いやすいのよね。

「だいたい若い女の貴女が加わったところで、余計にカモに見えるだけでしょう」

「ご安心を！　これでも薙刀を嗜《たしな》んでて、そこらへんの男には負けません」

言って、はるはビュンビュンっとエア薙刀を振る。

うん、けっこう様にはなっている。

ただまあ所詮エアなので、あの細腕で今の動きができるのかはちょっと疑問だけど。

そんな彼女に、ゆきはまた疲れたような嘆息とともに首を振り、

「見た目の問題です。姫様の安全を考えれば、ごろつきを退治できるだけじゃ足りません。そもそも寄せ付けないようにしないと」

確かに彼女の言う通りだった。

喧嘩になった時点で、わたしを危険に晒す行為だ。敵が複数って可能性もあるし。

まずトラブルに巻き込まれないようするってのが防犯としては最善である。

はるが同行者だと、うん、トラブルが逆に増えそうね。

「じゃあ、ゆき、詰所に行って護衛を一人、回してもらえるようお願いしてきてくれる？」

あんまり仰々しいのは好きではないが、仕方がない。

市場調査はやっぱ必要だからね。

そう言えばわたし、前々世では結局、城にこもりっきりで一度も熱田にいったことなかったっけ。

どんなとこなんだろう。

あー、明日が楽しみだなぁ。


翌朝、早速城門に向かうと、仁王像が立ちはだかっていた。

古渡城の城門に、そんな木像は配置されていない。

実際は人である。

だが、まさにそうとしか言えない人物だったのだ。

まずでかい！

周りの武士たちより頭一つ分ぐらい高い。

戦国時代は男性でも平均身長一五五センチぐらいだったたって話なのに、普通に一七五センチ前後あるぞ、これ。

しかもひょろ長いわけではなく、骨格もがっしりしていて筋肉質だ。

「っ!?」

目が合った瞬間、ゾクッと背筋に寒気が疾《はし》った。

な、なんて鋭い眼光なの!?

まるで獲物を狙う鷹のようだった。

え!?　わたしなんかした?

不躾《ぶしつけ》にガン見しすぎたのが気に障ったとか?

わたしが戸惑う中、巨漢がズカズカとこっちに近寄ってくる。

「つや姫様とお見受けしましたが、相違ござらぬか?」

ドスの利いた低い声で問われる。

近くで見ると、より一層でかい。表情も険しくいかにも不機嫌そうである。

「え、ええ、そうですけど」

少しだけキョドりつつ、わたしも返す。

これでも前々世では女城主として荒くれ者どもを率いていたので、けっこう慣れてるつもりだったんだけど、この人はちょっと格が違うかも。

別に、いかにも強面という風貌ではない。

むしろ目鼻立ちが整っていて、イケメンの部類である。

ただ、なんだろう、存在しているだけで人を威圧するような、そんな凄みをまとっているのだ。

現代でも、一流の格闘家は向き合うだけで、あるいは歩き方や構えを見ただけで、おおよその相手の強さが摑めるという。

戦国時代は、死が間近な世界だ。当然、その辺の感受性は鋭敏にならざるを得ない。

昔とった杵柄《きねづか》というか、わたしも多少、そういうのを感じ取ることが出来る。

その危険センサーみたいなものが、ビンビンに反応するのだ。

この人はめちゃくちゃ危険だ!!　と。

わたしの隣では、ゆきとはるも恐怖に顔を引き攣《つ》らせ、涙目になっていた。

さもありなん、と思う。

正直、虎とか熊とかの猛獣が人の姿をしてそばにいるような感じだった。

決してこっちを襲ってくることはない。

それがわかっていても、怖いものは怖いのだ!

「拙者、本日の護衛を承った柴田権六勝家《しばたごんろくかついえ》と申す」

「っ!?」

思わず息を吞む。

さぞ名のある武士に違いないと予想はしていたが、それでも想像以上すぎた。

「拙者の名に何か?」

「い、いいえ、別に何も」

慌ててわたしはぶんぶんと首を左右に振る。

もちろん、嘘である。

知らないはずがなかった。

柴田勝家――

織田信長の覇道を支えた織田四天王の最古参にして筆頭格！

幾多の戦で勇猛果敢に先陣を切り、付いた異名が「かかれ柴田」や「鬼柴田」という家中随一の猛将だった。

そりゃ身にまとう空気が別格だわ！

「今日はよろしくお願いしますね」

内心の動揺を押し隠し挨拶するも、ちょっと声が硬かったかもしれない。

いやだってまさか、たかだかわたしの熱田見物の護衛に、こんなビッグネームが来るとか思うわけないじゃん。

そりゃ焦るって！

「はっ、では案内致します。付いてきてください」

くるりと踵《きびす》を返し、勝家殿はスタスタと歩き始める。

こっちを振り向きもしない。

「なんか……怖い人ですね」

「あまり機嫌を損ねないよう、静かにしていましょう」

「そ、そうね。何が気に障るかわからないし」

「です。くわばらくわばら」

ゆきとはるが、こそこそと囁き合う。

途端、くるりと勝家殿が振り返り、

「別に好きにしゃべってもらってかまわぬぞ」

表情一つ変えず、淡々と言う。

「ひっ！　すみません！　すみません！」

まさか聞かれていたとは夢にも思っていなかったのだろう。

ゆきとはるは、悲鳴じみた声とともに何度もぺこぺこと頭を下げる。

「……別に怒ってない」

そんな二人に勝家殿は面倒くさそうな嘆息をして、再びわたしたちに背を向け歩き出す。

ゆきとはるはすっかり委縮してしまい、黙りこくってしまう。

しばらく何の会話もなくてくてくとわたしたちは歩き続けるが、

（さすがに退屈ね）

速攻でわたしは飽きてしまった。

「そういえば柴田様は、今おいくつなのですか？」

意を決して、わたしは目の前を歩く巨漢に声をかける。

「っ!?」

ゆきとはるが非難がましい視線を送ってくるが、熱田まで徒歩で半刻（一時間）もかかるのである。

その間、ずっとこの気まずい空気の中にいるのは正直、わたしは退屈で我慢できそうになかった。

「は？」

振り返った勝家殿は意外そうな顔をしていた。

まさか声をかけられるとは露も思っていなかったようだ。

「……今年一五になります」

すぐにぶすっとした不愛想面に戻り、淡々とした声で返す。

だが、その程度でめげるわたしではない。

「へえ。初陣はもうされたのですか？」

この時代の男子は、一四か一五歳ぐらいで元服（成人）する。

そして、武士の子ならばそう時を置かずして初陣、すなわち初めて戦場に立つことになる。

「昨年、安祥《あんじょう》で」

「へえ、やはり緊張したりするもんなんです？　初陣はそうなると耳にしたのですが」

というか、前々世での実体験だったりするのだが。

あの戦特有の空気感が焦燥感や不安を煽るし、いきなり城主なんてのも重圧がやばいしで、ガチで地に足つかなくて、テンパりまくってパニクりまくったものだった。

「まあ、それなりに」

「それなりで済むのですか!?　肝が据わってらっしゃるのですね！」

「らしいですね。殿にもそう言われました」

「どうすれば勝家様のように、豪胆でいられるのでしょう?」

「生まれつき、なのでわかりませぬ」

何を質問しても、勝家殿は仏頂面のまま端的に返すのみ。

まるで会話が弾まない。

もしかしなくても、鬱陶しいと感じていそうである。

だが、最初は別にそれでいいのだ。

まず相手の人となり、関心事がわかれば、今後、適切な対応ができるようになる。

敵を知り、己を知らば百戦危うからず、だ。

また質問するということは、貴方に興味がある、と暗に伝えることでもある。

心理学では返報性の原理というのがあり、好意を示せば、相手からも好意が返ってきやすいという。

何度も好きです、とアタックすれば、最初は断っていた異性もほだされてオーケーするのはこういう理屈だ。

多少うざがられても、攻撃あるのみである！

「豪胆と言えば、源義経の崖下りは凄いですね」

「そうですね」

「弁慶の立ち往生も、立派です。あれぞ武士の鑑かと」

「はい」

むぅ、これも反応が薄い、か。

これぐらいの年の子、それも将来の猛将なら、過去の英雄とかに強い憧れとか抱いていそうなものなんだけどなぁ。

「でも、個人的に許せないのは、源頼朝です。あれほど戦功のあった者を、しかも実の弟を処刑するなんて」

これは探りではなく、ぽろっと出たわたしの本音だ。

わたしも甥である信長に裏切られて、処刑された身である。

義経ほど功はなかったけど、他人の気がしない。

「仕方がなかったのでしょう。将来の禍根は断たねばなりません」

勝家殿は淡々と感情のこもらない声で言う。

まあ、彼の言ってることは、正論ではある。

平家討伐で多大な戦功のあった義経は、頼朝からすれば、自らの地位を脅《おびや》かす存在だ。

頼朝に不満を持つ者たちが、旗頭として担ぎ上げる可能性もある。

後白河法皇から勝手に官位をもらうなどもしている。

政権の安寧を考えるなら、そういう存在を排除するというのは理に適《かな》っている。

適っているが、それでも何か別に方法があったのでは、と思ってしまうのだ。

「それは……いざとなれば勝家殿も兄弟でも殺す、ということですか?」

ちょっとだけ、意地悪な質問だったのかもしれない。

だけど、わたしの中にいる前々世のわたしが、問わずにはいられなかったのだ。

「……ええ、それが必要なことならば」

遠くを見据えるその目からは、断固とした覚悟がひしひしと伝わってきたのだ。

ゾクッと背筋に冷たいものが疾る。

その言葉に嘘偽りは、一切ないのだろう。

さすが鬼柴田、情け容赦ない。

……と思う人もいるかもしれないが、わたしの感想はちょっと違った。

身内を斬ることに何の感情も抱かないのであれば、そもそも覚悟などいらないのだ。

わずかだが、返答するまでの間もいらなかったはずだ。

言い換えるなら、断固とした覚悟が必要なほど、できることならしたくない、ということである。

（ようやく人間らしいところが見えたわね）

思わずわたしはホッとする。

気難しい人ではあるが、決して血の通わぬ人間と言うわけではなさそうである。

これならなんとか付き合っていけそうだった。

＊＊◎＊＊

「へえええ、ここが熱田かぁ！」

目が輝いているのが、自分でもわかった。

熱田――

信秀兄さまの居城、古渡城から南に徒歩で半刻（一時間）ほどのところにある、三種の神器の一つ草薙の剣が奉納された熱田神宮の門前町にして、伊勢湾に面した港町である。

東海道でも三指に入るほどに栄えた大きな町で、織田家の分家筋であり奉行の一人に過ぎなかった信秀兄さま――織田信秀が、今や主家を上回るほどに強大な勢力を誇るまでになったのは、この熱田と津島という二つの商業港を押さえたことで得られる潤沢な資金のおかげだったと言われるほどだ。

勿論、二一世紀の東京とかと比べると、人混みは大したことはないのだが、なんというのだろう、掛け声があちこちから飛び交い、まるでお祭りのような活気が、この町には満ち満ちていた。

「よし、皆、早速いろいろ見て回りましょう！」

心がワクワクと躍り、いてもたってもいられず、わたしは走り出す。

向かったのはまず熱田神宮のほうである。

道すがらに立ち並ぶ家々の店先には、食べ物や飾り物、衣類に鍋やお玉のような日用品まで、実に様々なものが並んでいる。

へえ、こういうかんじなんだ。

おっ、あっちにあるのはもしや！

わあ、もしかしてあれってあれじゃない!?

ふぅん、ふむふむ、なるほどなるほど。

やっぱり実際に自分の目で確かめると、何があって何がないのか見えてくるわね。

気が付けば、周りにゆきもはるも勝家殿もいなくなっていた。

「ってあれ？」

しまったぁ！

つい夢中になるあまり、三人を置いてきぼりにしてしまったらしい。

何かに没頭すると、我を忘れてしまうのよね、わたし。

「ゆきー？　はるー？　勝家殿ー？」

キョロキョロしつつ、名を呼ぶも返事はやっぱりない。

うーん、どうしよう？

二一世紀みたいに迷子センターがあるわけじゃないだろうし。

スマホとかなしにこんな雑踏の中を探し回るのもなかなか現実的じゃないし。

なんてわたしが途方に暮れていると、ガシッと後ろから腕をつかまれる。

「勝家殿？」

力強さからそう判断し振り返ると、

「ひひっ、お嬢ちゃん、こんなところで一人じゃ危ないよ～」

いかにもガラの悪そうな若い男だった。

後ろには似たような感じのが三人ほどいて、どう見てもゴロツキである。

「けっこういい着物を着てるねー」

「どこの子かな?」

「くくっ、お兄さんたちが連れて行ってあげるよ」

ニヤニヤと嫌な笑みを浮かべて話しかけてくる。

実はこう見えていいひとたち……なんてことはなさそうである。

やらかしたなぁ。

ここは治安のいい二一世紀の日本じゃない。

戦国時代だ。

身なりのいい子どもがいたら、そりゃさらおうとする輩がいても全然おかしくなかった。

「たすっ……っ!」

「おっと!」

大きい声で助けを呼ぼうとしたが、腕を強引に引っ張られ、口を塞がれる。

くっ、このままじゃほんとにさらわれる。

がりっ!

「いてえっ!」

思いっきり手を噛んでやると、さすがに痛かったのか拘束が解ける。

よし！

そのまま地面に着地するや、ダッシュする。

が、

「逃がすかよ！」

「ぐぇっ!?」

すぐに襟を掴まれ、吊り上げられる。

これだから子どもの身体は！

「このっ、離せ！　離せぇっ！」

手足をばたばた振り回すも、びくともしない。

「ったく、よくもやってくれたな、がきぃ。覚悟はできてんだろうなぁ？」

さっき手を噛んでやったゴロツキが、忌々しげに顔を歪ませながら近づいてくる。

どうしよう、万事休すか!?

「おい、あんまり傷つけるなよ？　売り物だ」

「わぁってるよ、ちょっと大人への礼儀ってやつを教えぐふぇっ!?」

嫌らしい笑みを浮かべたゴロツキの頬が突然歪み、吹っ飛んでいく。

そこには、巨大な拳があった。

ついでブゥンと風切り音がして、

「がふっ！」

わたしを掴んでいた男の顎が跳ね上がる。

ふわっと一瞬の浮遊感の後、がっしりとした腕に抱きとめられる。

「はあはあ……ご無事ですか？」

「勝家殿！」

そこにいたのは、仏頂面の仁王様だった。

初対面の時はちょっと怖かったが、今はこれほど頼りになる人もいない。

「危険なので、下がっていてください」

わたしを地面に降ろしつつ、勝家殿が言う。

その息が上がり、顔が汗ばんでいる。

おそらくわたしを探して走り回ってくれたのだろう。

「てめえ、何しやがる!?」

「よくも佐吉たちを！」

残ったゴロツキの二人が、叫びながら刀を抜く。

瞬間、ぶわっ！　と勝家殿から噴き出る『圧』が、跳ね上がる。

「っ！」

思わず息を呑んだ。

出会った時も存在の圧を感じたものだが、そんな比ではなかった。

ただでさえでかかった体が、さらに大きく見える。

カチカチと我知らず歯が鳴り、体が震え出す。

これが……これが織田四天王、鬼柴田の本気！

「刃物を出す以上、覚悟はできているんだろうな？」

にぃぃぃっと勝家殿が口の端を吊り上げ、腰の刀を抜き放つ。

殺気がさらに膨れ上がっていく。

まだ上があるの⁉

もはやそこにいるのは人ではなく、『鬼』そのものだった。

「ひっ！」

「あ、あわわ……」

ゴロツキたちが短い悲鳴とともに、よろめくように後ろに下がる。

その表情は完全に恐怖に歪んでいた。

味方であるわたしでさえ、これだけ怖いのだ。

その殺気をもろに受けた彼らは、痛いほどよくわかったのだろう。

待っているのが絶対的な死であるということを！

「き、今日の所は見逃してやらぁっ！　い、いくぞ！」

「お、おう。覚えてろよ！」

ゴロツキたちはいかにもな捨て台詞とともに、そそくさと逃げ出す。

のびてる仲間二人を置いて。

よっぽど慌てていたんだろうけど、さすがにちょっと薄情すぎないか？

まあ、ゴロツキやるような奴らにそういう倫理を求めるのも酷なんだろうけど。

「……ふう」

ゴロツキたちが去るのを確認してから、勝家殿は一息つき、ギロリとわたしを睨み据える。

思わず心臓が跳ね上がった。

もちろん恋とかではなく、恐怖で。

「一人勝手に走り回らんでください！」

「は、はいっ！」

思わず直立不動になって答える。

そんなわたしの様子に、勝家殿はどこかバツが悪そうな顔で、ポリポリと後頭部をかく。

先程までの不動明王もかくやという圧は薄れ、どこか途方に暮れているようにも見えた。

おそらくわたしの怯えを感じ取ったのだろう。

「……あ～」

勝家殿が何か口を開きかけ、閉じる。

なんと声をかければいいのかわからないといったところか。

そんな様子を見た瞬間、さっきまでの恐怖は嘘みたいにかき消えていた。

ここにいるのは、児童文学の「消えた青鬼」だ。

体はでかくてごつくてパッと見怖いけど、この人、多分いや絶対、根はすっごく優しい人だ！

かなり不器用で不愛想なだけで。

よくよく思い返してみれば、柴田勝家って、部下の面倒見がすっごいいいって逸話、枚挙にいとまがなかったしなぁ。

よし！

わたしはトコトコっと彼に近づいていき、ペコリと頭を下げる。

「ありがとうございました。勝家殿がいたおかげで助かりました」

顔を上げるや、にっこりと笑いかける。

怖がっていないよ、と。本当に心から感謝しているよ、と伝えるために。

そんなわたしに、勝家殿のほうがうろたえているようだった。

「……俺が怖くないのですか？」

「怖かったです。それはもう」

ここで下手に嘘をついても、きっとろくなことにはならない。

だから正直に言う。

「なら、なんでそんな笑っているのです？」

「こんなに強くて怖い人が味方なら、逆にこれほど頼もしいことはないじゃないですか」

あっけらかんとわたしは言う。

勝家さんはきょとんと目を丸くし、ついで吹き出す。

「くっ、くくく、ははははははっ！　確かにその通りですな。賢い！　それに肝も据わっておられる。さすがは殿の妹君です！　はははははっ！」

何がそこまでおかしいのか、しばらく勝家殿は爆笑し続けていた。

その後――

ゆきやはると合流し、泣きながらお説教をくらったのは言うまでもない。

反省反省。

間話 ✲ 天文一〇年一〇月上旬『鬼の葛藤』柴田勝家視点

柴田権六勝家は、尾張国愛知郡上社《かみやしろ》村を治める土豪《どごう》、柴田勝義の嫡男《ちゃくなん》として生まれた。

大永七年（一五二七年）のことである。

幼少の頃より体が人一倍でかく剛力であり、そして武芸の才に恵まれた子供であった。

そして彼自身、武芸を心から愛していた。

毎日のように槍を振り続け、齢《よわい》一〇を数える頃には、大人たちも含め、村では彼に勝てる者は一人もいなくなっていた。

そのあまりの人間離れした身体の大きさと強さ、そして戦っている時の人の変わりように、村人たちは彼を畏怖した。

鬼子、と。

（まあ、俺自身、そう思うしな）

感じるのだ。

自分の心の奥底に、一匹の鬼が棲んでいる、と。

ただただ戦いを求め、戦いに血沸き肉躍る。

そんな自分が確かにいるのだ。

とは言え、そんな自分を別に嫌っているわけでもない。

この鬼の心と力はきっと、主君を、領民を守る力になると確信しているからだ。

ゆえにむしろ好み、誇りにさえ思っている。

思っているのだが、一抹の寂しさを覚えていたのも事実である。

鬼の自分を見せれば、人々は恐れ、彼のそばから離れていく。

許嫁《いいなずけ》だった女も、自分にはいつも怯えていて、先日、別の男と駆け落ちしてしまった。

追う気にもならなかった。

仕方ない、と自分でも思うのだ。

家族でさえ、どこか自分に怯え、びくびくしているのだから。

唯一、そんな自分に怯えることなく、頼もしいと言ってくれたのが、現在の主君である織田信秀である。

さすがは『尾張の虎』と言われる傑物であり、大した胆力だった。

「まさか妹君までもとは」

思わず笑みがこぼれる。

勝家の『鬼』を見ても、すんなりその場で受け入れてくれるなど、信秀以外にはいないと思っていた。

だと言うのに、次に現れたのがたかだか七つの女の子とは……。

「案外、俺の思い込みだったのかもな」

草っ原に大の字になり、夜空を見上げてつぶやく。

両親にさえ距離を置かれた自分は、きっと誰とも親しい間柄にはなれないのだろう、とそう思っていた。

特に女性は難しいだろう、と。

事実、許嫁にも逃げられた。

だから結婚というものをどこか諦め槍働きに生涯を捧げる覚悟だったのだが……

その価値観が、今日、根底から覆されたのだ。

鬼の自分を見ても、あっさり受け入れ笑いかけてくれたつやのおかげで。

世界は広い。この夜空のように。

確かに、自分に怯える人は多いのだろう。

だが、つやのような図太い女も、他にいっぱいいるはずだ。

そう思えた瞬間、胸のつかえがとれ、心がスッと軽くなったような気がした。

第二話 ✲ 天文一〇年一〇月中旬『とりあえず現代知識チートしてみた!』

「姫様、できやしたぜ!」

ゆきの夫、岡部又右衛門《おかべまたえもん》がソレを持ってきたのは、熱田観光をした一週間後のことだった。

聞いてびっくりしたのだが、岡部又右衛門と言えば、あの信長の居城、安土城を造った大工の棟梁の名である。

それがまさかわたしの女中の旦那だったとは……。

世間は狭い。

このコネを使わぬ手はないと、あるものの製作をお願いしたのだ。

それがどうやら完成したらしい。

「へえ、ちょっと見せてもらえる?」

「へい」

早速、差し出された物を手に取って、確認してみる。

うん、形はほぼわたしのイメージ通りね。

ちょっと玉の形が粗いけど、そこは仕方ないだろう。

「じゃあ、後は実用に耐えられるか、ね」

早速、前もって用意していた紙を見ながら、動かしてみる。

パチパチパチパチパチ……。

うん、問題ない。耐久性に関してはまだ要検証、改良の余地があると思うけど……

「ほぼ完璧よ、これぞわたしが求めていたものだわ！　約束の報酬よ」

言って、わたしはパチンっと指を鳴らす。

はるが頷き、しずしずと紐つなぎの銅銭の束を持ってきて、又右衛門の前に置く。

「約束通り、報酬の一貫文よ」

二一世紀の貨幣価値に直せば、一文一二〇円ぐらいだったはずなので、一貫文が一〇〇〇文だから、ざっと一二万円といったところか。

これ一つにその値段はちょっと割高ではあるんだけど、わたしの描いた下手な図案を実際の形にするにはいろいろな試行錯誤があったはず。

その手数料込みの値段である。

まあ、七歳の女の子にはけっこうな大金だったのだが、わたしも一応は大名家の姫様である。

手持ちの着物を一着も売れば、これぐらいは簡単に用立てることができるのだ。

「おおっ、有難く頂戴いたします」

「なかなかいい仕事だったわ。また何かお願いするかもしれないから、その時はよろしくね」

「へい、よろこんで。今後ともごひいきに！　ゆき、いい仕事紹介してくれてあんがとよ！」

又右衛門は揉み手で頭を下げて、愛妻にも笑顔で声をかけて、一貫文を抱えてほくほく顔で帰っていく。

まあ、一週間で一二万円の収入だからね。

割のいい仕事だったのだろう。

さぁて、後はこれを……

「ん？　なんじゃそれは？」

「っ!?」

突然、ひょいっと現れた信秀兄さまに、わたしはびくっと身体を強張らせる。

ゆきとはるも驚いた様子で、その場に平伏する。

「の、信秀兄さま、ど、どうされましたか？」

若干挙動不審気味にわたしは問う。

だって仕方がないだろう。

これまで信秀兄さまがわたしの部屋を訪れることなど、一度としてなかったのだから。

「ん～、ほれ、先日、吉法師がおぬしに乱暴しおったじゃろう。顔に痕などが残っておっては大変じゃからな」

一見わたしを心配した優しい言葉に聞こえるが、違う。

大名家の娘は、政略結婚の道具である。

顔に痕など残れば、その価値は大きく下がる。

それを確認に来たということだ。

もっともその無情を責めるつもりはない。

一国を預かる大名として、その冷酷な判断力は必要なものでもあるのだから。

「ご安心ください。この通り、まったく痕など残っておりません」

「で、あるか。それはよかった。これは息子の不始末の詫びじゃ」

信秀兄さまは、畳にスッと櫛《くし》を置く。

光沢のある黒に金の鳥が描かれた、なんとも高そうな櫛だ。

きっとこれ一つで、一貫文ぐらいするのだろう。

これで水に流せ、といったところか。

だが、そうは問屋が卸さない。

「わざわざありがとうございます。ですが、あの程度でこんな高価なものは頂けませぬ」

スッとわたしは櫛を信秀兄さまのほうへ押し戻す。

目上の者が下賜した物を突き返す。

無礼以外の何物でもなく、信秀兄さまもムッと顔をしかめる。

「気にするな。こういうものは黙って受け取っておくものだ」

「いえ。お詫びというのであれば、これを見て頂くだけで十分にございます」

言ってわたしは、又右衛門の持ってきてくれたソレを目の前に置き、

「これはソロバンと申します。神託により素戔嗚尊様よりお教えいただいた道具にございます」

そう、これがわたしの考えた、商品第一段であった。

尾張は商業の盛んな地域だ。

しかし、どれだけ熱田の町を見渡しても、ソロバンを使っている様子はない。

そりゃそうだろう。

一応、すでに日本に伝来こそしてはいたのだが、実際に民衆の間に普及したのは豊臣秀吉の時代、明に留学して算術を学んだ毛利重能《もうりしげよし》が京都にソロバン塾を開いてからである。

物自体はあってもで使い方がわからねば広まる道理はない。

つまり、現時点では五〇年ぐらい時代を先取りした代物だった。

「ふむ、つまり祭器か」

あからさまに興味のない様子で、信秀兄さまは言う。

このあたりはやっぱり信長の父親というか、合理的で現実的なひとなのだろう。

わたしはふるふるっと首を振り、

「いえ、これは計算をするためのものでございます」

「計算、とな?」

「はい、論より証拠。こちらを」

言って、わたしは一枚の紙と筆を信秀兄さまに手渡す。

「こちらにお好きな数字を一〇個、適当に書いてくださいませ。わたしは後ろを向いておりますので、書き終わったら読み上げてください」

「ふぅむ、まあ、よかろう。余興に付き合ってやる。……よしできたぞ、九、六、二、七、五、一、七、三、八、十」

「五八」

信秀兄さまが読み上げるのとほぼ同時に、わたしは答えを言い放つ。

まあ、ソロバンがあれば造作もないことである。

というか実は、これぐらいなら頭の中のソロバンを弾いて暗算でできるのだが、そこはデモンストレーションだ。

「……むう、正解じゃな」

信秀兄さまが紙を使って計算し終えてから、難しい顔で唸る。

「十や百単位の計算でも、ほぼ同じ速さでできますよ」

「っ!? 真か!?」

「ええ、このソロバンを身に付ければ、造作もないことです」

「ふぅぅぅむ」

信秀兄さまがソロバンを凝視しつつ唸る。

領地経営なんてやっていれば、計算とは切っても切れない関係だ。

その頭の中では、ソロバンが使える場所が次々と思い当たっているはずだ。

「……うむ、大したものじゃ。よくやったぞ、つや！」

ぽんっと頭に手を乗っけられ、ぐしゃぐしゃっと撫でられる。

女の子の頭を！　とも思ったのだが、一方で胸の奥と目がしらがジンっと熱くなった。

……お父さんに褒められるっていうのは、もしかしたらこういうものなのかもしれない。

前世でも前々世でも、わたしにはいなかったからなぁ。

「これを官吏たちに習得させれば、領内統治も大幅に捗《はかど》ろう。戦の時にも兵糧や人員の計算に役立ちそうじゃ」

「はい、仰せの通りかと思います」

「どれぐらいで習得できる？」

「二桁の足し算引き算ぐらいでありましたら、一日半刻（一時間）ほどの鍛錬で、一ヶ月ほど。掛け算割り算を含めれば半年ほどでしょうか。わたしがそうでしたので」

「ほう、素戔嗚のとこで習っていたのか？」

「はい」

しれっとわたしは嘘をつく。

もちろん、普通に現代でソロバン塾で習いました。

だがここは嘘も方便である。

「よし、では早速、明日から何人かお前のところに回す。叩き込んでくれ」

「…………それは構いませんが、報酬はいかほど頂けますか？」

ちょっと言うかどうか迷ったのだが、結局言うことにした。

前世では安い給料でこき使われたし、サービス残業もしこたまやらされた。

ただ働きは死んでもごめんである。

「…………」

信秀兄さまがパチパチっと目を瞬かせる。

もしかして、怒るか？

前世だとけっこういたんだよなぁ。無料でやるのが当たり前で、金がかかると知ると怒り出すやつ。

他にもいきなりお金のことを持ち出すなんて意地汚いとかあさましいとか言うやつ。

正直、くそくらえって思うけど、そういう相手に責められたことが何度もあるのだ。

信秀兄さまがもしそうだったら、と内心びくびくものだったのだが、

「ふっ、ふははは、そうじゃな！　これほどのこと、ただというわけにはいかぬな」

どうやら杞憂《きゆう》だったらしい。

まあ、尾張は商業の盛んな土地で、信秀兄さまはその財を掌握してのし上がった人だからね。

そのあたりの目端はきちんと利くのだろう。

ふう、でも安心した。

これが現状、わたしにとっては唯一の収入源だったのだから。

「そうじゃな。一日一貫文でどうじゃ？」

「っ!?」

い、一貫文!?

つ、つまり日給一二万円!?

さすがは大名、な、なんて破格な条件だ。

とはいえ、そう安易には食いつかない。

おいしい話には裏があることも多いからね！

「一日とは具体的にいつからいつまででしょうか？　朝から晩までとなるとさすがに……」

いくら日給がいいといっても、あんまり時間を拘束されるのはごめんである。

他にやりたいこともあるし、のんびりする時間だって欲しい。

わたしは単純な金銭の多寡より、クオリティオブライフを重視する人間なのだ。

「ふむ、しっかりしとるのぅ」

「この辺でふわっとしてると、後でモメる因《もと》ですので」

「ふっ、一理ある。なら……そうじゃな。あんまり一度に詰め込んでも覚えられるものでもなし。一回の講義は半刻（一時間）、午前と午後の二回でどうじゃ？」

「……え？」

思わずわたしの口から間の抜けた声が漏れた。

そんだけ？　たったそんだけでいいの!?

「なんじゃ、何か不満があるのか？」

「いえ、それでよろしゅうございます」

下手に値引きされる前に、とっとと請け負うに限る！

一日二時間で一二万円とか、時給六万！

うわぁ、ボロいなぁ。むしろぼったくりじゃない？

けど提示してきたのは信秀兄さまだしね。

もらえるもんはもらう主義である。

いやぁ、儲かった儲かった。

「さて、それとは別に褒美もやろう」

「褒美、ですか？」

「うむ、このソロバンは、間違いなくこの尾張を潤わすじゃろう。たいていの願いなら聞いてやるぞ」

「えっ⁉」

た、たいていの願い事⁉

今一番わたしが欲しいものと言えば、それはもちろん結婚の自由である。

だがこの戦国の世、武家の女の最大の役目は、結婚し有力な家と実家との結びつきを強めることだ。

それが織田家にもたらす莫大なメリットとソロバン一つではまだちょっと釣り合わない気がする。

まだ了承してもらえる可能性は低い。

なら今のわたしに一番必要なものは――

「では、加藤順盛《かとうよりもり》殿をご紹介していただけませんか？」

考えに考え抜いた末、わたしは願い出る。

この尾張で加藤と言えば、加藤清正が有名だが、そもそもまだ生まれていない。

その関係者……でもまったくない。

むしろ関係があるとしたら、徳川家康だ。

まだちょっと先の話になるけれど、徳川家康が家臣の裏切りに遭い、この尾張で人質生活を送っていた時、その身柄を預かっていたのがこの人である。

まあ、今のわたしにはそんなことはどうでもいいんだけどね。

彼の名を挙げたのは、別の理由である。

「ほう、なるほどの。こいつを売りさばくつもりか」

わたしの申し出に、信秀兄さまが楽し気に口の端を吊り上げる。

そう、今のわたしにとって重要なのは、彼が熱田を取り仕切る豪商だ、ということだ。

世知辛いことに、たとえどんなにいい物を作ったとしても、売れるとは限らない。

販売戦略や販売網、ブランド力などなどが重要となる。

塾とかも同時進行する必要があるだろう。使い方がわかって初めてその利便性がわかる商品だし。

そんな諸々を考えると、今の何も持っていないわたしがやるより、熱田一の豪商に取り仕切ってもらってマージンを取ったほうが、はるかに楽だし売れるし儲けが出る、と判断したのだ。

「確かにせっかく作ったのだ。売りたいというのは道理である。だが待て。大名としてそれは容認できん」

眉間にしわを寄せ、難しい顔で信秀兄さまはわたしのお願いを却下する。

「なぜでしょう？」

「これが広まれば、やがて近隣の大名家にも伝わるじゃろう。今、他家に栄えられては困るのだ」

なるほど、信秀兄さまは近隣の土地を戦って奪い取る拡大戦略をとっているし、敵が強くなってはそれもおぼつかなくなる。

それは困るということだろう。

だが、それはすでにわたしも想定済みの問いだった。

「問題ありません。ソロバンを普及させれば、最も儲かるのは信秀兄さまです」

「ほう？」

信秀兄さまが、興味深そうに目を光らせる。

「商人たちは目ざといものです。このソロバンの価値を理解し、こぞって手に入れようと集まってくるでしょう」

「じゃろうな」

「ソロバンを身に付けるため、尾張に滞在もするでしょう」

「そこで、尾張にさらに金が落ちる、という寸法か」

「しかりでございます」

「だが、それは一年かそこらであろう？　一国の大名たるもの、長い目で見ねばならぬ」

「それも問題ありませぬ。信秀兄さまは熱田、津島と二つの大きな港町を押さえております。ソロバンが普及し商売が盛んになれば、確かに他家にも恩恵はありましょうが、信秀兄さまの利益はそれ以上のものになるかと」

「ふむ。他家に益をもたらしても、相対的にわしのほうが力がつく、か」

「しかり」

わたしは頷く。

さすがは信秀兄さまである。こちらの意図をあっさりと理解する。

打てば響くとはこのことだった。

「……ふむ、筋は通っておるな」

ふうっ、信秀兄さまも納得してくれたようである。

良かった良かった。

せっかく作ったのに、大っぴらには売れないとかなったら泣くわ。

「むしろ通り過ぎておる。弁が立ちすぎる。先に会った時から違和感は覚えておったが、決定的じゃな。とても七つのおなごの言とは思えん」

「あっ……」

思わず絶句して二の句が継げなくなる。

しまったぁ！

そういえば今のわたしってまだ七歳なんだった。

しかも数え年だから、実際は六歳、幼稚園年長の年である。

ついうっかり以前の感覚で話していたけど、これは確かに怪しい。

てか怪しいを通り越してこれはもう気味が悪い。

もう少し自重すべきだったたか？

「おぬし、何者じゃ？　つやではあるまい？　素戔嗚の遣いか？　それともそれを騙る化生《けしょう》の類か？」

信秀兄さまがじっとこちらの目を覗き込み、問うてくる。

先程までの可愛い妹に向ける優しい目ではなく、鷹のごとく鋭く厳しい乱世を生き抜く戦国大名の目であった。

（どうする？　どうする!?）

向けられた疑いの目に、わたしは必死に考えを巡らせていた。

これもしかしなくても、けっこうヤバくない？

ここで化生の類だと判断されたら、本物の姫と入れ替わった不埒者《ふらち》として処刑される？

まさか……また逆さ磔の刑とか？

いやだ！　あれだけはもう二度と絶対ごめんだった。

わたしは緊張と恐怖からゴクリと唾を飲み込み、慎重に口を開く。

「わたしは、間違いなくつや本人でございます。信秀兄さまの妹の。ただ……」

「ただ？」

「八百万《やおよろず》の世界とこらでは、時間の流れが違うのです。わたしの身体はたしかに未だ七つにすぎませんが、すでにわたしは夢の中で五〇年以上の時を生きているのです」

今さら神託なんて嘘でーすとは言えないので、とりあえず即興で思いついたことを口にする。

とは言え、あながち嘘というわけでもない。

二一世紀の文明は、今の時代から見ればまさに神々の世界のようなものだろう。

若い肉体に引っ張られているのか心も若返ってる感じはするけど、わたしがすでに前々世、前世と合わせれば五〇歳を超えているというのも確かだ。

なにより、こういうのはあんまり嘘をつかないほうがボロが出にくいものだし、ね。

「ふむ、五〇年か。にわかには信じられんが、今のおぬしが異質であることは確かじゃ。とりあえず仮にそれが正しいとして、五〇年も素戔嗚の下におったのなら、これ以外にも何か教えてもらっておるのではないか？」

言って、ジャラジャラっとソロバンを振りながら、信秀兄さまはじっと探るようにわたしの目を見据える。

ううっ、完全に見透かされてるような気がする。

これは後々のためにも、下手に言い逃れはしないほうがいいだろう。

「はい。左様にございます。まだ人が知り得ぬものをいくつかお教え頂いております」

「ふむ、たとえば？」

「しいたけの栽培法などでしょうか」

「ほう！」

信秀兄さまが興味津々にその目を輝かせる。

このあたり、熱田と津島の経済力を基盤にのし上がっただけに、利に敏い。

椎茸といえば二一世紀では一パック二〇〇円、安い時には一〇〇円で売られていたりする安価な大衆食材だが、この時代ではまだ栽培法が確立しておらず、二一世紀における松茸並の高級食材なのだ。

前世で普通に一般庶民の食卓にポンポン出てきたときにはびっくりしたものである。

「吹かしではあるまいな？」

「誓って」

「他にもなにかあるか？」

「あるにはありますが、言葉では説明しがたく。実際に作ってお見せするはうが早いかと」

「どれぐらいかかる？」

「さすがにすぐというわけには。それなりの広さの土地と人手、相応の先立つものも必要ですし」

ソロバンであれば又右衛門さんのところで受注生産してもらえばいいし、しいたけぐらいであれば、その辺の軒先でそこそこ大量生産も可能だが、例えば火薬とかになるとそうはいかない。

火薬の原料である硝石の生成には糞塚を作る必要がある。

まあ、あんな危険なもの、なるべくは作りたくないけど。

とりあえずはソロバンやしいたけを売って、そのお金でどこかに土地を借りて、って感じかな？

いったいどれだけかかることやら。

「ふん、なるほど。もっともである。よかろう。つや、貴様に五〇貫ほどの土地を与える。別途、当座の資金として銭　〇〇貫文もつけてやろう」

「……へ？」

わたしの口から、なんとも間抜けな声が漏れる。

今このひと、なんて言った？

「なんじゃ、これではまだ足りぬと申すか？」

「い、いえいいえいいえ！　じゅ、十分にございます！　ま、まさかそんなに過分の物を頂けるとは想像しておらず……！」

「ふん、このソロバンとやらは、なかなかの品じゃ。シイタケも興味深い。他にもあるというのなら、投資してみるのも悪くないと思ったまでじゃ。大した額でもないしな」

いやいやいやいやいや！

五〇貫の土地って石高で言えば一〇〇石、現代貨幣価値にすれば年商六〇〇〇万円ですよ？

それに加えて当座の資金として一二〇〇万円！

とんでもない額でしょ、どう考えても!?

……まあでも一国の大名としてみれば、決して高くもない、か。

今の信秀兄さまはその所領の貫高《かんだか》だけを観ても七万貫、さらに別途津島や熱田から上がってくる金は一三万貫を超えるという。

計二〇万貫、現代貨幣価値にするとなんと年商二四〇億円！

そんな信秀兄さまからすれば本当にこの程度、端金《はしたがね》に過ぎないんだろうな。

う～ん、経済感覚が違い過ぎる。

「だが、ただでやるつもりはないぞ」

あ、やっぱり。

そんな甘くもないですよね。

いったいどんな条件を突きつけられるやらとわたしが戦々恐々とする中、信秀兄さまはピッと指を三本立て、

「三年じゃ。三年以内にこのソロバン並みのものを三つ用意せよ。一つも作れなければ領地は召し上げじゃ。逆に結果を出せば、加増も考えよう」

「へ……？」

た、たったそれだけ？

な～んだ、その程度か。ビビって損した。

「なんじゃ、さすがに難しいか？」

「い、いえ！　か、必ずやご期待に応えてみせます！　頑張ります！」

慌ててわたしは声を張り上げる。

こんだけの資金に三年もあれば十分すぎるぐらいに勝算あるし、これを受けない手はなかった。

こうしてわたしは七歳にして領主（仮）になったのである。

領地を与えると言われた翌日のことである。

わたしが机と紙を前にあれをやろうこれをやろうと今後の計画を練っていると、はるがトタトタと駆け寄ってきた。

「姫様、殿の遣いの方がきております」

「信秀兄さまの？　すぐにお通しして」

昨日の今日で忙《せわ》しないなと思いつつ、了承する。

しばらくして、

「失礼する」

挨拶とともに、白髪の老人が現れた。

おそらくは戦で負ったのだろう、右目は縦一文字に刀傷で潰れ、左腕も失っているのか袖が不自然に垂れている。

なんとも痛ましい姿だが、弱々しさは微塵《みじん》もない。

残ったもう一つの目は鷹のように鋭く、表情も険しく怖い。

まさに歴戦の古強者といった風格だった。

老人はどしっとその場に胡座《あぐら》をかき、小さく会釈する。

「お初にお目にかかる。それがし、井関《いぜき》の元領主で、佐々成宗《さっさなりむね》と申す」

「織田信秀の妹で、おつやと申します」

挨拶を返しつつ、わたしは小さく目を瞠《みは》っていた。

つくづく今世のわたしは名将に縁があるようらしい。

佐々と言えば、信長の親衛隊、黒母衣《くろほろ》衆筆頭を務めた佐々成政《なりまさ》の家名である。

成宗はその父親の名だった。

「この度、姫様は殿より領地を賜《たまわ》るとのこと。ただ姫様はまだ幼く、不慣れなことも多かろうと、それがしが傅役《もりやく》を任され、参上つかまつった次第」

ああ、なるほど。

傅役ってのは、いわゆる貴人の子の教育係兼後見人である。

有名所だと、信長の傅役の平手政秀《ひらてまさひで》とかかしら。

確かに七つの子供にいきなり領地経営をしろって言っても普通は難しいもんね。

その補佐役を用意してくれたってことだろう。

「確かにわたしはまだ右も左もわからぬ若輩者。経験豊かな佐々様にお力添えして頂けるのは本当にありがたいですわ。ご指導ご鞭撻《べんたつ》のほどよろしくお願いいたします」

わたしはスッと畳に指を突き、頭を下げる。

「ほう、殊勝な心がけですな。けっこうけっこう。それがしもかれこれ三〇年、井関の地を治めてきた身。色々教えられることは多いかと」

「まあ、そうなんですか!?　三〇年なんて凄い！　さすがは佐々殿。頼もしいです」

「ふふっ、それがしに任せておけば万事安心、大船に乗ったつもりでいてくだされ」

「はい、頼りにさせて頂きますね、佐々殿」

「佐々殿など他人行儀な。お気軽にじぃとでもお呼び下され」

すっかり打ち解けた感じで、そんなことを言い出す。

なんというか最初の厳しい印象はどこへやら、ニコニコと相好が崩れてご機嫌である。

……いやぁ、しかし、ここまでうまくいくとなんか申し訳なくなってくるな。

さすが。知らなかった。凄い。センスある。そうなんだ。

いわゆる「男を喜ばすさしすせそ」である。

まさかここまで効果があるとは思わなかった。

まあ、実のところわたし、前々世では二年ほど領主代行してた時があって、そこそこ経験はあったりするんだよね。

とは言え領地経営なんてめんどくさいのも事実。

特に今のわたしは七つの子供だからね。どうしても年齢で舐められたり信用されなかったりしやすい。

やりたいことは別にあるし、この際、せっかく助けてくれるというのだから力を借りない手はなかった。

この程度のお世辞で気分よくお仕事代わってくれるなら安いものである。

別に嘘を言ったつもりもないしね。

その道三〇年のベテランは、実際頼りになりそうだもん。

「それで、わたしの領地ってどのあたりになるんですか？」

お世辞ばかり並べていても歯が浮くし、相手としても空々しくなってくるだろうし、そろそろ本題に切り込むことにする。

「下河原《しもかわら》村です。この古渡城より北西へ二里（約八キロ）ほど行ったところにある村ですな」

ん？　なんかその地名、聞き覚えあるんですけど。

一応、確認してみるか。

「えと……もしかして、庄内川……じゃなかった、枇杷島《びわじま》川と五条川が合流する辺りにある河川敷、ですかね？」

「おおっ、幼いのによく勉強なさっておられる。そのとおりです」

「ああ、やっぱり」

とりあえず勘違いじゃなかったようだ。

実に、そう実に懐かしく、馴染み深い場所だった。

前世ではそれこそ毎日のように、よくその辺りには通っていたものだ。

なぜなら——

「温泉もありますよね！　いやぁ、楽しみです」

キラキラとわたしは目を輝かせる。

だってねぇ、この時代ってまだ基本蒸風呂なのよ！

だがやはり、二一世紀を知る身としては、たっぷり張った湯舟に身体をつからせて、その日の疲れを癒したいというのが人情である。

かといってこの時代では、燃料的な問題で難しいし。

温泉なら、その問題が一挙に解決である。

しかも美肌効果もある。

これで毎日温泉に入れる！

ふふっ、信秀兄さまも女心のわかった粋なはからいをするじゃない。

ピシッ！

「温泉？　いえ、そのようなものはなかったと存じますが」

首をかしげるじぃに、わたしは顔を強張らせる。

嘘……でしょ？

「え？　ほら、新川と五条川のちょうど合流するあたりにあるでしょう？」

藁にもすがるような思いでわたしはそう問いかけるも、じぃは申し訳なさそうに首を振る。

「新川？　聞き覚えがありませんな」

「え？」

あ、そっか。この時代にはまだないのか。

まさに名の通り、新しい川なんだから。

「それに、温泉などやはりないかと。もしあるのなら、古渡城より馬で四半刻（三〇分）もかからぬ場所、すでに殿が保養地として庵《いおり》の一つも設けているかと」

「うっ、た、確かに」

わたしは納得したように呻《うめ》く。

うん、そんな近くに温泉が湧いたら、わたしが信秀兄さまだったら絶対に保養所作るわ。

ってことはやっぱり、この時代ではまだ掘り当てられていないってことか。

（なら、もうわたしが掘ればいいだけよね）

だいたい場所はわかっているし、そこにあることは未来で確定済みだし、なんとかなるだろう。

ただまあ、先にやらないといけないことは山積みだし、はてさていつになることやら。

正直、ちょっと気が遠くなる。

それまでたらい風呂やサウナだけってのはなぁ。

あっ、そうだ。

「じゃあ、尾張で今、湧いてる温泉を教えてくれる？」

うん、ないならすでにある場所に行けばいいのである。

愛知県にはけっこう温泉施設あったし、どっかあるでしょ。

「いえ、そもそも尾張に温泉があるなどという話、寡聞にして存じあげませぬな」

「マ、マジすか……っ!?」

衝撃の事実に、わたしはその場にがっくりと両手両膝をつく。

そ、そんなまさか……たったの一つもないなんて……。

信じられない、誰か、誰か嘘だと言って。

もうたらいで行水やサウナだけってのはいやーっ！

ちゃんとゆったりと湯船に身体を沈めたいのよぉっ！

天国から地獄とはまさにこのことだった。

上げて落とすとかひどすぎる。

いや、わたしが勝手に上がって落ちただけなんだけど。

あっ、ちょっと待って。

今、もう一つ最悪な事実を思い出したんだけど……。

わたしはおそるおそる問う。

「あの……そういえば下河原って、よく川が氾濫《はんらん》したりしてません？」

「うむ。あそこは枇杷島川と五条川の合流地点ですからな。必然的にどうしても水があふれやすく……」

ちくしょう、やっぱりか！

下河原といえば海抜も低く、二一世紀でもちょっと大きめの台風や豪雨が来たら、ほぼ確実に増水して水浸しになる場所だったのよね。

「よりにもよってそんな場所を押し付けてくるとか！　もしかしなくても信秀兄さまはわたしのこと嫌い!?」

「そ、そんなことは……確かに枇杷島川に面した土地はいざという時の遊水地になっているためほとんど使えませんが、五条川方面の土地は多少は使えるかと」

なるほど、まあ、村があるぐらいだしなぁ。

そんなに危険すぎる場所なら、人なんか住まないわよね。

そういえば温泉施設があった場所も五条川方面だし、そこには民家もあった。

なら大丈夫、なのか？

でもやっぱり洪水は怖いなぁ。

「とりあえず聖牛《せいぎゅう》は作ったほうがよさそうね」

「聖牛？　なんですかな、それは？」

「ああ、ちょっとした洪水予防になる道具です」

「ほう、そのようなものがあるので？」

「ええ、使い方が難しいので、けっこう慎重に配置しないといけないんですけどね。でもうまく使えばけっこう効果があるはずです」

考案したのはかの武田信玄公である。

そんな彼も今年父親を追放して武田家を継いだばかりで、まだおそらく考え付いてはいないだろうから、まだ日本のどこでも使われていないはずだ。

聖と付いている由来が、大変に効果があったからだって話だし、信秀兄さまの言うソロバン並みのものを三つ作れっていう要求に応えられるものにもなりそうである。

「ん？　あーっ！」

「ど、どうされましたか、姫様!?」

「いえ、ちょっと面白いことを思いつきまして」

そうだそうだ、せっかくこんな土地なんだから、アレをやればいいじゃないか。

聖牛がいいヒントになった。

わたしの今後のクオリティオブライフの向上には、決して欠かせぬものでもある。

物は考えようってよく言うけど、そのとおりね。

災い転じて福となす、むしろこの土地でよかったって思えてきたわ。

別にわたし、領地もらったからって米作る気もないし。

そんなのはどこにでもあるんだから、よそ様から買えばいい。

わたしはわたしにしか作れないものを、ここで作るのだ。

よぉし、やったるぞー！

＊＊ ＊＊

「おおっ！　ここがわたしの領地！」

とにかくまず己《おの》が目で確認したいと、じぃに馬に乗せてもらって半刻弱、わたしは自らの領地に足を踏み入れていた。

第一印象は、とにかく広い！　である。

いやぁ、ほら、江戸時代だと大名って言われるのは一万石からなわけですよ。

一〇〇石なんてぶっちゃけ、江戸時代だと最下級の旗本以下。

そんな人間の領地なんて大したことないって思うでしょ？

いやいや、東京ドームが一〇個二〇個余裕で入るレベルで雑草ぼうぼうの荒地が広がっています。

まあ、洪水対策の遊水地ってことも加味して使わないといけないけど、これは夢が広がるね。

「まずは集落に向かいましょうかのぅ」

言って、じぃはまた馬を駆けさせる。

地味に前世でも前々世でも馬に直接乗るってことがなかったので知らなかったのだけど、けっこう揺れるのよね馬って。

またこうして走っていても、馬の呼吸だとか尻尾を振った感じとか、そういう微細な動きを乗っていても感じられる。

当たり前といえば当たり前なんだけど、バイクとか車とかに乗る感じとは全く違う、まさしく生き物に乗っている感覚があるのだ。

「わたしも乗馬、覚えようかな」

ぼそりとわたしはつぶやく。

この風を切る感じが気に入ったというのもあるが、必要性を痛切に感じたのだ。

領地広いし、歩いて見て回るのはなかなかに大変である。

古渡城まで徒歩だと片道二時間以上かかるし。

車に慣れた身としては、いちいち徒歩で移動するのはさすがにだるい。

「おお、では明日からでもお教えいたしましょう」

わたしのつぶやきが聞こえたらしく、じぃが楽し気に言う。

どうもこの人、人に物を教えたり頼られるのが好きみたい。

ならここは好意に甘えさせてもらうとしよう。

「ぜひお願いいたします」

「うむ。お任せあれ。息子たちにもそれがしが仕込みましたが、三人ともなかなかの腕前ですぞ」

「へえ、それは頼もしいですね」

世辞ではなく、本心だ。

じぃの子は男子が三人いるが、いずれも勇名を馳せた一廉《ひとかど》の武人である。

それだけ人に物を教えるのがうまいという証左だった。

「お、見えてきましたな」

なんて会話をしている内に、わたしたちは下河原村の集落に到着する。

とはいっても、藁葺《わらぶ》き屋根の農家が点々と八軒ほどあるのみである。話によれば住んでいるのは
六〇名ほど。本当に小さな村っぽい。

じぃが馬足を落としてくれたので、じっくりと村を観察してみる。

とりあえず田んぼはほとんどなくて、畑がほとんどのようだ。まあ、稲とかだと洪水で流された

りしたら目も当てられないしね。

逆に地面の中で育つ作物なら、水が引けたら回収できる。

そのあたりはやはり生活の知恵というものなのだろう。

おっ、ラッキー。

二一世紀で温泉があったっぽい場所、ただの荒れ地だわ。

屋敷を建てるならこの辺ね。

なんて感じで村を散策していると、

「お、お侍様、こ、こんな辺鄙《へんぴ》な村に何用で？　まだ年貢を納める時期ではないと思いますが……」

年老いた農民が随分と緊張した様子で声をかけてくる。

その後ろでも一〇人ぐらいの農民が、ビクついた顔でこちらを見ている。

ああ、まあ、いきなり普段来ない時期に侍が来たら、怖く感じるわよね。

二一世紀感覚だと、いきなり家に警察が訪ねてきたら、後ろ暗いところないのにびくっとしちゃうみたいなものだろう。

「ひかえい。こちらは織田弾正忠家の先代、織田信定公の御息女にして、現織田弾正忠家当主信秀様が妹君、おつや様であらせられる。このたび下河原村の新たな領主となられることが決まり、お前らへのお披露目もかねて視察にこられたのだ」

「ひ、ひぇぇぇ、りょ、領主様でございましたか。それもそのような高貴な方とは。は、ははあ！」

じぃが声を張り上げると、声をかけてきた農民がガバッと勢いよく地面に額をこすりつけるように土下座し、その場にいた農民たちも慌てて土下座する。

待って待って、いきなりこんなことされても困るんだけど。

逆に申し訳なくなるというか。

「じぃ、仰々しくしすぎです。虎の威を借る狐のような真似をわたしは好みません」

じろっとわたしは抗議の視線を送る。

だが、じぃはそんなものどこ吹く風で、

「その御志《おこころざし》は素晴らしいですが、領内を統治するというのは綺麗事だけではすみませぬ。箔というものが大事なのです。民に道理は通じませぬ。なにより権威にひれ伏すものです。舐められたら終わりですぞ」

しごく真面目な顔で言い切る。

その言葉には実感がこもっていた。

「……心に留めておきます」

若干納得はいかなかったが、頷いておく。

三〇年、現場を見てきたベテランの意見をむげにはできない。

それは、一つの真実ではあるのだろう。

実際、戦国大名は先祖を捏造《ねつぞう》して、自らの権威付けを頻繁に行っている。

秀吉だって天皇の子、家康だって源氏の子孫だと詐称していた。

統治を円滑に行う上で、それが必要だったのだということは理解できる。

――んだけど、どうにもやっぱり父上や信秀兄さまの権威をかさに着て威張り散らす、ってのは性に合わないんだよなぁ。

父上は父上、信秀兄さまは信秀兄さま、わたしはわたしだ。

血筋ではなく、能力で、結果で、みんなには領主として認めてもらいたいのだ。

よし。

わたしはすうっと深呼吸してから、ゆっくりと口を開く。

「皆さんはじめまして。ただいまご紹介にあずかりましたつやと申します」

声にしっかり張りを持たせてしゃべることを意識する。

じぃの言葉をすべて肯定するわけじゃないけれど、上に立つ人間たるもの、舐められるのは確かによくない。

また下の人間の立場からすれば、上の人が自信なさげだと不安になるものだ。

虚勢でも自信満々に振舞うのが、上に立つ者の義務なのである。

「話が長いのは好きではありません。早速、領主として皆さんに最初の命令があります。皆さんにはあることを手伝ってもらいます。もちろん農業の合間でかまいません。労働の賃金もしっかり支払いましょう。一刻につき一五文。働きの良かった者には別途賞与金も出します」

おおおっと村人たちがどよめく。

「ぜひ手伝わせてください！」

「おらも！　おらも！」

「女でも大丈夫ですか!?」

こぞって名乗りを上げてくる。

農民というものは、農繁期はかなり忙しいが、農閑期はけっこう暇なものである。

その間の収入源を用意するというのは、彼らからしても渡りに船だろう。実際、農閑期に出稼ぎをする者も少なくないし。

とは言え、時給で言えば九〇〇円ぐらい、二一世紀感覚からすると普通なんだけど、彼らからするとかなり美味しい額だったらしい。

ちょっとホロリとしてしまう。

まあこの時代、領主権限で命令してただ働きなんてことも普通にあったしなぁ。

二一世紀ではわたしも、サービス残業で酷い目に遭わされたし他人事《ひとごと》ではない。

今はこの額が限界だが、経営が軌道に乗ればより高額な給与も視野に入れたいところだ。

わたしが目指すは尾張一、いや全国一のクリーンでホワイトな領地なのである。

✲✲　✲✲

「ふむ、ふむ、なるほどなるほど」

男がパチパチとソロバンの珠を弾きながら、しきりに頷いている。

年の頃は二〇代後半といったところだろうか、最初に会った印象は、なんともにこやかで優し気な印象のイケメンだったのだが、今やその笑みはすっかり消え去り、至極真面目な顔をしている。

簡単な足し算引き算のやり方を教えただけなのだが、すっかり夢中である。

それも仕方のないことか。彼にとってはまさにこれは、何にも勝るお宝なのだろうから。

彼の名は加藤順盛。

先日、信秀兄さまに紹介をお願いした熱田一の豪商である。

「いやぁ、これは素晴らしいですなぁ！　使い慣れれば随分と仕事が捗りそうですわ」

ようやく満足したのか、加藤殿が顔を上げるとなんともにこやかな顔で笑いかけてくる。

うん、好感触っぽい。

これはかなり期待できそうだ。

「それでは、加藤殿ならこのソロバンにいくらの値を付けられます？」

「ふむ……そうですなぁ。一〇貫文で買い取らせていただきましょう」

おおっ！

一二〇万円！

マジか!?

「売ります！」

即断即決である。

ソロバン一個が一二〇万円とか売るに決まっている！

「すでに在庫で一〇個ほど作ってあるんですけど、そちらも……」

「ふむ、そちらは、そうですね、一つ二〇〇文で引き取りましょう」

「え!?」

いきなり五〇分の一のディスカウント!?

まとめ売りってことで多少の値引きには応じるつもりだったけど、さすがにそれはひどすぎない？

ほとんどそれ、大工の工賃まで含めると、原材料費にちょっと色付けた程度になっちゃうんですけど。

そんなわたしの抗議の視線に、加藤殿はフッと笑みをこぼし、

「齢七つのみぎりでこのようなものをお創りになられるのです、姫様は大層賢くていらっしゃる。ですが、商売というものをわかっておられませんな」

「……どういうことでしょう？」

「確かにこのソロバン、とても素晴らしいものです。売り出せば、熱田で飛ぶように売れるでしょう。が、すぐに模造品を売り出す店が出てくるでしょうな」

確かに加藤殿の言う通りではあった。

このソロバン、そう複雑な作りではない。

わたしだって適当に思い出しながら図案を引いて、又右衛門さんに作ってもらったのだ。

他の人間だって実物を見れば真似するのは容易だろう。

「手前どもといたしましても、姫様から買うより、懇意にしている職人に作らせたほうがはるかに安上がりです。最初の一〇貫文は、いわばこのソロバンという良き物をお教えいただいた情報料ですな」

「なるほど……」

わたしは渋い顔で唸る。

なかなかに世知辛い。

販売は加藤殿に任せてわたしはアイディア料として長期にマージンを中抜きして儲けようとか企んでいたんだけど、そうは問屋が卸さなかったらしい。

実際、わたしを挟まずに売ったほうが、そりゃ儲かるもんなぁ。

この時代に特許とかあるわけもないし、模倣し放題なんだから。

でもまあ、ここまでは計算の範囲内である。

「おっしゃりたいことはわかりました。ですが、正直、安すぎますね。情報料というのなら、せめて一〇〇貫文はいただきたいところです」

わたしは思い切って一〇倍プッシュを吹っ掛ける。

この時代、売り買いは基本、交渉である。

現代の日本みたいに、値札通りの価格なんてことはまずない。

相手が一〇貫文というのなら、もっともっと引き出せるはず！

だが、敵は海千山千の古だぬき。

顔色一つ変えることなく笑い飛ばす。

「ははは っ、それはさすがにボリすぎというものですな。手前どもといたしましては、買わずに帰って自分たちでこっそり作って売ってもよかったのです。それでも一〇貫文支払うとわざわざ申したのは、ひとえに手前どもの姫様への誠意でございます。これ以上はさすがにご容赦ください」

意訳すれば、本来はただのところを姫という身分を慮《おもんぱか》って一〇貫文支払ってやるのだ、これ以上駄々をこねるな、といったところか。

だが、見た目は七つでも、こちとらもう五〇年以上は生きているのだ。

その程度の駆け引きで押し切られるわたしではない。

「そうですか。では、津島の一五党のところにでも持っていくとしますかね」

「むっ」

しれっと涼しい顔で言うわたしに、加藤殿の笑顔が凍りつく。

一五党とは、この尾張のもう一つの商業都市津島を仕切る「四家・七名字・四姓」の土豪たちである。

そこにソロバンの情報を流せば、当然彼らだって作って売ろうとするだろう。

そうすれば必然的に加藤殿の先行者利益は減ることになる。

「すでに信秀兄さまにはお知らせし、配下の者に教えるよう言われてはおります。が、それはあくまで織田家中のこと。城下の者に知られるまでまだ三ヶ月程度の猶予はあるでしょう。わたしが口止めをすれば、ですが」

その言葉を聞くや、加藤殿はそれまでの営業スマイルから一転、苦虫を噛み潰したような顔になる。

よしよし、けっこう効いたらしい。

わたしを小娘と侮《あなど》るからだ。

さぁて、ではそろそろこちらも切り札を使うとしますか。

「一〇〇貫文支払ってくださるのであれば、一月間《ひとつき》、加藤殿の丁稚《でっち》たちにソロバンの使い方をきっちり仕込んで差し上げましょう」

「むっ」

加藤殿の眉がぴくりと動く。

お、反応あり。

ならばさらに押すのみ！

「無の状態からあーでもないこーでもないと試行錯誤するより、熟練した者に教えを請うほうがはるかに早く身に付くと思いますよ？　売るとき、使い方を詳しく知る者がいたほうがよろしいのでは？」

いわゆるパッケージ販売というやつである。

物はともかく知識と技術は現時点ではわたしが独占してるからね。

これを高く売りつけない手はなかった。

わたしの攻勢はなおも続く。

「さらに言えば、ソロバン以外にもいろいろ面白いものを素戔嗚尊様からお教え頂いているんですよね。シイタケの栽培法とか、卵の面白い調理法とか、面白いお酒の造り方とか、効率的に脱穀や精米する方法とか、もうい・ろ・い・ろ♪」

「っ!?」

加藤殿の目が驚きに見開く。

ばさっと扇子を開き口元を隠しつつ、わたしはニコッと微笑む。

「わたしの印象をよくしておいたほうが、後々お得だと思いますよ?」

これが、とどめとなった。

しばしの静寂の後、加藤殿の長い長い溜息が部屋に響く。

「前言撤回致しましょう。姫様は商売というものをよくよくご存知だ」

第三話 ✲ 天文二〇年二月中旬『甘いものが食べたい！』

「甘いものが食べたい」

下河原の領主就任からはや一ヶ月が過ぎようとしていた頃である。

この一ヶ月、午前二回、正午から一回という一日三回のソロバン塾に、新商品の開発とそこそこ忙しく頑張ってきたつもりである。

机上の空論と実地はやっぱり違っているので、開発は試行錯誤の連続だ。頭を使いまくる。

ストレスが溜まりまくる。

そう、今のわたしには糖分が足りていないのだ！

「ではようかんでも切って参りましょうか？」

はるがそう言って立ち上がるも、

「ようかんは飽きた」

わたしはふるふると首を振る。

いや、ようかん好きなんだけどね。

さすがにこう頻繁だと、ね。

「では干し柿を……」

「ううっ、それももう飽きた～」

わたしが今欲しいのは、そういう重たい感じの甘みじゃないのよ！

わたしの身体が、舌が欲しているのは、白砂糖のすっきりとした甘みなのだ。

いや、わかっている。

わかっているのだ、この時代に洋菓子などないということぐらい。

だが、あの甘さに慣れてしまった身としては、もう元には戻れないのである。

「姫様、成宗様がいらっしゃいましたよ」

そんな感じでもんもんとしていたら、ゆきが呼びに来た。

もうそんな時間か。

「はーい」

ささっと準備して、じぃとともに馬で領地へと向かう。

なんか毎日毎日送り迎えさせて申し訳なく思うんだけど、

『なぁに、すでに隠居して暇な身ですからお気になさらず。良い暇つぶしですわい。姫様はやることなすこと奇想天外で、見ていて飽きませぬからな』

とのことである。

まあ、本人が楽しそうならなによりである。

半刻ほど走ると、庄内川——この時代の名称だと枇杷島川が見えてくる。

川の中には木造の三角錐のようなものが三つほど並ぶ。

これが例の聖牛である。

そしてその周辺では、武士たちが難しい顔で話し合っていた。

すでに聖牛のことは信秀兄さまに報告済みである。

下手に使えば、水の流れを変えて対岸の堤防をぶっ壊したりするらしいので、後々問題になって叱られるのはさすがに怖い。

作るだけ作って、後はもう治水の専門家に任せることにしたのだ。

もうちょっと簡易版の「牛」はすでにこの時代にもあるみたいだしね。多分、なんとかしてくれることだろう。

他力本願？　これは適材適所というのだ！

「おお、おつや様。ご機嫌麗しく」

武士のうちの一人がこちらに気づき、親し気に声をかけてくる。

二〇代後半ぐらいの生真面目そうな、でもひょろっとしてちょっと弱そうな青年である。

「ああ、林殿。お仕事お疲れ様です」

わたしはわざわざ馬を降り、深々と頭を下げる。

若くてひ弱そうだからと侮るなかれ。

彼こそ林秀貞《はやしひでさだ》、織田弾正忠家の現筆頭家老である！

現在、織田弾正忠家の家臣の中で一番偉い人なのである！

某ゲームだと、織田家が割れた時に信長の弟の信行についたことや、一五八〇年に信長に追放された件が響いたのか、いまいち渋いステータスの人物だが、わたしに言わせれば彼のこの評価は不当もいいところだった。

ちょっと考えてみてほしい。

あの能力主義の信長に一度は帰参を許され、その後二〇年以上に渡り筆頭家老として重責を担わされてきた人物である。

後継者である信忠付きの家老も任されている。

無能のはずがない。むしろ超優秀と言っていい人物だった。

「この聖牛、まだまだ研究が必要ではございますが、なかなかに面白うございますな！　従来の牛枠が合掌木が一つのところを二つ三つと重ねていく。これにより飛躍的に頑丈になる上に、水流の制御もよりしやすくなっております。現物を見れば、なぜこの程度のことを思いつかなかったのだという代物ではございますが、得てしてこういう発想の転換は余人には難しいものでございます。

そもそもこの牛枠というものを考えた先人も素晴らしい知恵者と言わざるを得ません。洪水を防ぐ、弾《はじ》くのではなく、その勢いをむしろ利用する！　どうやったらそんなことが考えつくのか!?　ただただ素晴らしいというしかありません。それでいて作りが非常に簡素です。複雑な構造では量産に向きませんし、整備の手間もかかります。わたしは常々、簡素なものほど美しいと……」

興奮した様子で、林様はペラペラペラペラペラと熱っぽく語り始める。

さらにどんどん専門的になっていくし、うん、何言ってるのかもう正直全くわからない。

まあでも、治水に凄く詳しいというのは伝わってくる。

し、しかし、いつ終わるのかな、これ!?

さすがに筆頭家老の話を打ち切るわけにもいかないし……

「林様、姫様にもご用事があってこちらに参ったはず。あまり引き留めるのは……」

途方に暮れかけたその時、すっと割り込んできて助け船を出してくれたのは、勝家殿である。

林殿の寄騎《よりき》として、彼も治水作業に従事しているのだろう。

た、助かったぁ。

「あ、ああ、すみません。つい治水の話になると我を忘れて……」

ポリポリと頭を掻きながら、林殿が所在なげに頭を下げる。

オタク気質だという自覚はあるらしい。

「いえ、仕事ではそういう方が一番頼りになります」

お世辞ではなく、本音である。

好きこそものの上手なれ、だ。

「ははっ、そう言っていただけると助かります」

「ただ、すみません。領内も見て回りたいので今日はこのあたりで」

ペコリと頭を下げ、その場を後にする。

ちらりと勝家殿にも目を向けて、助かった、ありがとう、の意を込めて小さく頭を下げる。

あっちも気づいたのか、一礼してくれた。

パッと見は言葉少なめで不愛想だけど、やっぱいいひとだよなぁ。

「さて、今日の領地の様子はっと」

そんなこんなで領地に足を踏み入れると、今度は生きた牛が出迎えてくれた。

「あー、そういえば今日だったっけ」

先日、牛小屋と放牧用の柵が完成したので、加藤さんから五頭ほど買い付けたのだ。

どうやらそれが今日、届いたらしい。

これがわたしの河川敷利用法である。

枇杷島川方面の河原には雑草が生い茂っている。

それはもうぼうぼうに生い茂っている。

いつ洪水になるかわからないから農業にはあまり向かないが、天気のいい日はその辺で牛を放牧し、この雑草を食わせるぐらいは全然問題ない。

そうすれば餌代もかなり浮くという寸法だった。

「ふ、ふふふ、ふふふふふっ!」

思わずわたしの口から笑い声が漏れる。

これが笑わずにいられようか、いやいられない。

両拳を天に衝《つ》き、わたしは魂の咆哮《ほうこう》をあげる。

牛が、念願の牛がついに来たのだ。

「これで、これで、これでぇぇっ！　これで洋菓子が食えるぞぉぉぉっ!!」

＊＊◎＊＊

「ひ、姫様、お止《や》めください！　御自らそのような……っ！」

早速乳を搾ろうというところ、じぃに悲鳴を上げられた。

「え？　でもみんなやりたがらないでしょ。先《ま》ず隗《かい》より始めよって言うじゃない」

あっけらかんとわたしは言う。

二一世紀では普通に出回っている牛乳だけど、実は明治に入るまで、日本ではまるで飲まれていなかったりする。

牛がいなかったわけではない。

平安時代ぐらいまでは普通に飲まれてたらしいのだが、鎌倉時代ぐらいからある理由でそういう文化がなくなってしまったらしい。

当然、乳搾りなんてした人もいないわけで。

忌避感もあるだろうし、そりゃもう言い出しっぺがやるのが筋というものだろう。

「そ、そもそもそんなものをどうするおつもりで!?」

「食材です」

「はっ!?　はあああああああっ!?」

わたしの端的な答えに、カクーンとじぃの顎が落ちる。

そこまで驚くほどのことだろうか？

まあ、そうなんだろうなぁ。

「い、いけませんぞ、姫様！　牛の乳を飲んでは仏罰が下りますぞ！」

こういうしょーもない理由で。

んなこと言ってたら、二一世紀だけでも一億人ぐらい仏罰が下ってそうである。

殺生がいけないというのは、仏教的にまあわからないでもない。

ただなんかそこから派生して、牛乳もよくないということにいつの間にかなったらしい。

正直なんで!?　と不思議に思うんだけど、戦国時代、日本ではまじでこういう理由で牛乳がまったく普及していなかったのは事実である。

だからこそ、わたしは言いたい。

「仏罰って、お釈迦《しゃか》様だって乳粥食べてますけど？」

「な、なんですと!?」

じぃが驚きに目を丸くする。

やはり知らなかったか。

「お釈迦様が苦行を自らに課していた時、村の娘から差し出された乳粥に命を救われたそうです。そして苦行では悟りを得られないと知ったのだとか。沢彦《たくげん》和尚に尋ねられてもけっこうですよ？」

前になんかテレビ番組で見たうろ覚えだけど、釈迦の苦行放棄のきっかけとしてけっこう有名なエピソードらしい。

ちなみに沢彦和尚は、けっこう偉いお坊さんで、信長の教育係として有名なひとであり、岐阜という地名の名付け親でもある。

「む、むむぅ」

「あと、醍醐味《だいごみ》って言葉、知ってますよね」

「それはもちろん。本当の面白さとか、そういう意味ですな」

「それ、語源は仏教の経典からで、牛の乳から作ったものが由来ですよ」

「なっ、ま、真にございますか!?」

「ええ、さすがにどの経典からかは失念しましたが、『牛より乳を出し、乳より酪《らく》を出し』……あとなんだったかな。とにかく最後は醍醐を出すそうです。で、その醍醐を食べたら、病は皆除かれる。と書かれております。だから醍醐味、なんです」

これもテレビの受け売りである。

わたしが実際に経典を読んでみたわけではない。

でも、醍醐味の語源がこうなのは確かである。ググって調べもしたし。

「開祖のお釈迦様の命を救い、経典にも有難い食べ物と載ってるものを食べて、仏罰が下るなんて思えないのですが?」

「む、むむむ、ま、参りました。姫様はまっこと博識でいらっしゃる」

「素戔嗚尊様の神託です」

年齢的に知っているとおかしいことは、全部これで押し通す所存である。

神道と仏教じゃ管轄が違う？

細かいことはいいんだよ！

「というわけで、乳を搾ります」

「だからお待ちくださ い！」

「まだ何か？」

わたしは少し苛立たしげに返す。

お菓子食べたいんだから、さっさと搾らせてほしいんだけど？

「さすがに危のうござ います。これ、そこの。お前が搾れ」

「は、はい」

じぃに杖で指名され、村人の一人——茂助が返事する。

さすがにちょっとかわいそうだった。

「別に構いません。わたしが言い出したことですから」

わたしがそう言うも、

「い、いえ！　ひ、姫様にやらせるぐらいなら、おらがやります！　ひ、姫様はそちらで待っていてくだせえ！」

「この者の言う通りです」

「むぅ」

わたしはじぃに強制的に引き離されてしまった。

後でこのことが信秀兄さまにバレたら怒られる、村が潰されるとか考えたのかな。

もちろん、そんなことはさせないんだけど、彼らからしてみたら怖いわよね。

ちょっと申し訳ないことをした。

でも、ごめんね。どうしても牛乳が欲しいのだ。

ちなみに、日本の在来牛は農耕用の役用牛だ。

筋肉質で肉質はよいが、乳の出はあまりよくない。

二一世紀では一般的な乳牛ホルスタイン種が一日二〇リットルに対し、その四分の一の五リットル程度。

まあ、でもとりあえず、私用に使う分にはまったく問題ない。

「と、とりあえずこんなもんでよろしいでしょうか？」

しばらくして、茂助が桶いっぱいの牛乳を差し出してくる。

うん、こんだけあれば大丈夫でしょう。

「弥兵衛、それを持ってついてきて。悪いけど、茂助はもう一杯よろしく。後でいいものあげるからがんばって」

そう言って、次にわたしが向かったのは村長の家である。

「村長！　かまど借りるわよ」

声をかけるや、わたしは許可も待たずにスタスタとかまどへと向かう。

村長の家は雨が降って帰れなくなった時などに、もう何度かわたしの仮宿にさせてもらっているのだ。

もはや勝手知ったるというやつである。

消壺《けしつぼ》の中から焼けた炭を火箸で取り出し、かまどの中に藁と一緒に放り込む。

火種をいちいち作るのは大変だからね。

前回の火をしっかりとっておく生活の知恵である。

「加熱殺菌消毒っと」

桶から鍋に移し替え、火であぶる。

低温殺菌がいいとは言われるが、かまどでそんなコントロールはむずい。

とりあえずぶくぶくっと沸騰しかけたあたりで火から離し、それを漏斗《ろうと》でひょうたん水筒に移し替え、きっちり蓋をして密封する。

そして向かうのは水車小屋である。

名工岡部又右衛門さんに作ってもらった私用の特注品、いわゆる水力の遠心分離機だった。

さすがに電動のものに比べればかなり遅いけど、人力でやるよりはるかに楽である。

その桶の一つにぽいっとひょうたんを放り込む。

「さぁて、とりあえず半刻ほどで様子見かな」

うんっと満足げにうなずき、わたしは再び村長の家へと向かう。

次に取り出したるはフライパン。

戦国時代にそんなもんあるかって？　いやいや、なければ作ればいいのだ。

加藤さんに腕のいい鍛冶職人を紹介してもらって特注した逸品である。

「こちらに砂糖と水をしっかり量ってまず入れて、と」

分銅による天秤でしっかり量って入れる。お菓子作りで目分量は厳禁だ。

ちなみに砂糖は現時点では日本で採れないので、明国（中国）からの輸入品に頼るしかない。

一斤二五〇文、二一世紀換算すると、なんと六〇〇グラム三万円！

一キロ三〇〇〇円未満を知ってる身からするとふざけた値段としか言いようがないが、背に腹は代えられぬ。

なぁに、今のわたしの総資産は二〇〇〇〇万円オーバーだ！

これぐらいどうってことはない。

甘味《かんみ》がわたしを呼んでいるのだ！

＊＊◎＊＊

「というわけで、ホットケーキの完成でーす！」

早速ハチミツをかけて口の中に放り込む。

「ん〜〜〜！」

思わずほっぺたを押さえて、舌鼓を打つ。

これよこれ！　この味をわたしは求めていたのだ！

まあ、ベーキングパウダーがないのでちょっとふわふわ感が足りないが、それもご愛敬である。

「じぃも食べてみたら？」

見ればよだれを垂らしそうな勢いでじぃが見ていたので、一切れを箸でつまんで差し出してみる。

「む、う～～む」

じぃはなんとも難しい顔で唸る。

顔にははっきりと食べたいと書いてあるのだが、牛乳を使ったことが気にかかっているらしい。

「さっきも言った通り仏罰なんて落ちませんって。ほら、乳を搾った牛、元気じゃない」

「ふむ、そうですな！」

それが決め手となったらしく、パクリと食いつき――

「こ、これはっ!?」

目を輝かせ、無心で噛みしめ飲み込む。

「ふわふわと柔らかく、なんとも不思議な食感ですな！　このほのかに甘い生地とハチミツの相性もいい！　も、もう一切れよろしいでしょうか？」

すっかりハマったようである。

よしよし、この時代の人にもちゃんと美味しいらしい。

「それは構わないけど、ちょっと待ってね。どうせなら別の味も試してみましょう」

「別の味、でございますか」

「はい、次のはキャラメルソースよ」

これまたホットケーキの定番であるが、

「ふむ、今度は甘くほろ苦い！　これもなかなかいいですな！」

じぃにはこれまた好評である。

「まだまだあるわよ」

「なんとっ!?」

「多分、そろそろ出来ているはず」

にっこり笑って、わたしは水車小屋に戻り、ひょうたんを取り出す。

とりあえず、じぃに刀で真っ二つに切ってもらって、水分は別のひょうたんに移す。

うーん、いちいち切って開けるのももったいないし、専用の容器を作ってもらったほうがよさそうね。

まあ、それはともかく――

「うんうん、ちゃんと出来てるじゃない。生クリーム」

ひょうたんの内側や、水分をろ過した布の上に、白い塊が出来ていた。

これに砂糖をちょっと入れてかき混ぜて、ホットケーキに乗せて早速食べてみる。

「ん～～～♪　やっぱわたしはこっちねぇ♪」

左頬を押さえつつ、わたしが満面の笑みを作れば、

「こ、これまた不可思議な食感ですな。なんとなめらかな……しかし、美味い！　いや、長生きは

するものですな！」

　じぃも破顔一笑である。

　やっぱお菓子って人を幸せにするわね。

「そう言うのはまだ早いわよ。締めの一品が残ってるんだから」

　言ってわたしがじぃに差し出したのは、抹茶の粉を熱した牛乳で溶かしたもの、いわゆる抹茶ミルクである。

　牛乳の素晴らしさを伝える上では外せないメニューと言えよう。

「ほうっ、これは……っ！　濃厚な甘さの中に抹茶のほろ苦さがいい塩梅《あんばい》で混じり……これまた甘露な味わいですな！」

「でしょう？」

　じぃの絶賛にしてやったりと頷き、わたしも自分用の抹茶ミルクを口に含む。

　おお、これめちゃくちゃ美味くない？

　搾りたてだけあって、牛乳が濃厚で風味豊かで、抹茶のほろ苦さとのコントラストがより引き立っていて、下手なカフェで飲むより断然美味い！

　うん、満足満足。

　なんて至福の一杯にくつろいでいると、

「ん？」

　ふと視線を感じた。

振り返ると、村人たちがじいっとわたしの残り二切れとなったホットケーキを物欲しそうに眺めている。

あはは、見たこともない食べ物を、こんなにおいしそうに食べてる人達を見たら、そりゃ食べたくなるのが人情よね。

ん～、この時代だとけっこうな高級料理になるんだけど……まあ、いっか。

みんなの牛乳への忌避感を吹き飛ばすための第一歩と思えば決して高くはない。

「よぉし、今日は特別！　みんなで食べたらもっと美味しい！　ほら、女たち、作り方教えてあげるから手伝いなさい！」


秋のホットケーキ祭りの翌日のことである。

午前の二回のソロバン講義を終え、わたしが自室で寝っ転がってゴロゴロしていると、ドタドタと荒い足取りが響いてくる。

「つやーっ！」

がらっと障子が開くとともに、信秀兄さまに大声で名前を呼びつけられる。

「は、はい！　なんでしょう!?」

思わず飛び起きて、直立不動の姿勢になって答える。

なになに!?

いったいどうしたのよ、わたし何かした？

身に覚えがまったくないんだけど。

……いや、なんか身に覚えしかない気もするな。

「林から聞いたぞ、昨日ほっとけいきや、抹茶みるくなるものを作り皆に振舞ったそうじゃな！」

「え、あ、はい」

下手に否定したらまずそうなので、コクコクっと頷く。

うぅむ、もしかして牛乳を使ったのがまずかったとか？

ちゃんと論破はしたけど、宗教的なことって時々理屈じゃないしなぁ。

「なぜわしに声をかけぬ!?」

「へ？」

間の抜けた声とともに、わたしの目が点になる。

「作ったものはまずわしに報告しろと重々言っておいたはずじゃぞ！」

「え、いや、でも、ただの手慰みで作ったお菓子ですよ？　信秀兄さまに報告するほどのことでは……」

「やかましい！　秀貞や勝家が言うておったぞ！　これまで食べたことのない、不可思議で甘露な味わいであったと！　それを聞いたわしの気持ちがお前にわかるか!?」

「えと、つまり、召し上がりたかった、と？」

「その通りじゃ！　さっさと用意せい！」

かつてないほどの勢いである。

たったそれだけのことで怒鳴りこんできたのか、この人は……。

いやでも、昔から食い物の恨みは恐ろしいって言うしなぁ。

ううっ、言いにくい。

言いにくいが、言うしかないか。

「その、ざ、材料がここにはありませぬ」

「なにぃ!?」

信秀兄さまの表情の険しさが増す。

いやいや、だって仕方ないじゃん！

冷蔵庫なんてこの時代にはないのである。

いくら秋だって言ったって、牛乳を常温保存とか怖くてできないって。

「下河原に行けばあるのか!?」

「え、ええ、まあ」

「ではすぐに向かうぞ」

「はいっ!?　で、でも信秀兄さま、お仕事は？」

「そんなものは全部、林に押し付けておけばよい！」

ひどいっ、横暴すぎる。

職権濫用もいいとこでしょ。

ほんと食い物の恨みは恐ろしいな。

そしてあれよあれよという間にわたしは下河原へと連れていかれ、ホットケーキを焼かされる羽目になったのだった。


「ほう、これがほっとけいきか。確かに美味だな。特にこのばたあ味が絶品じゃな！」

「でしょう！」

わたしは思わず食い気味に同意する。

バターは生クリームをさらに遠心分離機にかけると生成できる。

わたしはこれが一番好きなのだ。

「後はこれを」

そっとホットケーキを食べ終えた信秀兄さまの前に、湯呑みを一つ置く。

だが、中に入っているのは抹茶ミルクではない。

「おう、気が利くのうって、なんじゃ、これは？」

信秀兄さまが訝しげに眉をひそめる。

わたしは澄ました顔で言う。

「プリンでございます」

実はこれも昨日、作っておいたものである。

ただ熱したものを冷ますには時間が足らず、今日食べるつもりだったのだ。

ほんとはじぃ用のなんだけど、信秀兄さまに食べさせとかないと後々めんどくさそうだしね。

ごめんね、じぃ。

「このれんげですくってお食べください」

「う、うむ。……なんじゃこれはっ!?」

一口食べた瞬間、信秀兄さまがカッと目を見開き、大声を上げる。

その身体がわなわなと震えていた。

「こ、これこそが天上の甘露であろう！　この世にこんな美味いものがあったのか！」

おおっ、なんか凄い大絶賛が来ましたよ。

パクパクパクパクパク、れんげをすくう手が止まらない。

「おい、お代わりはないのか!?」

「………一つだけあります」

苦渋の決断である。

わたしの分だったたが、仕方がない。

わたしはいつでも食べられるが、信秀兄さまは忙しいしね。

「しかし、牛の乳にこれほどの可能性が秘められておったとはな、盲点じゃったわい」

ゆきがプリンを取りにいっている間、食後の抹茶ミルクをすすりながら　う～むと信秀兄さまが唸る。

戦国時代は小氷河期であり、寒冷な気候が続いたせいで農作物の生産量ががくんっと落ち込んでいた。

そんな食糧難の時期に、農耕用にいっぱい牛を飼っているにもかかわらず、その乳を迷信から食用していなかったなんてのは、確かにあまりに勿体ない話である。

「ええ、栄養も豊富で腹持ちもいいです。また、発酵が必要なので今日お出しすることはできないのですが、チーズというものにすれば保存が利き、良い兵糧食になります」

実際、西洋の方では、チーズはメジャーな兵糧食である。

「なんと！　まさか兵糧食も作れるのか!?」

信秀兄さまが驚きに目を丸くする。

兵糧の問題は、戦国大名なら皆、頭を悩ませる問題である。

そこにも寄与するとなれば、相当有難いはずだった。

「牛の乳とは実に天晴《あっぱれ》な万能食じゃな！」

すっかり牛乳のとりこになってしまったようだった。

感心しきりである。

その後、おかわりのプリンも平らげ、信秀兄さまは慌ただしく帰路につく。

なんだかんだで多忙な方なのだ。

「実に興味深く、また美味であったぞ、つや」

とりあえず満足したようで、信秀兄さまの機嫌はすっかり直ったようだった。

お褒めの言葉を残して、ほくほく顔で帰っていく。
よかったよかった。
これで一件落着である。
さて、改めて自分用のプリンでも仕込むとしますかね。
「姫様！　わたしたちにもなにとぞぷりんを！」
ゆきはるよ、お前らもか！

第四話 ✲ 天文十一年（一五四二年）一月上旬『一年の計は元旦にあり』

「ふああああああ」

天文十一年（一五四二年）元旦。

領主になってはや二ヶ月、わたしはこの日を、下河原にある自らの屋敷であくびとともに迎えていた。

７ＬＤＫの平屋の母屋に別途、中間長屋、風呂小屋、牛小屋、鶏小屋、馬小屋、納屋、水車小屋付きで、しめて一五〇貫文。

信秀兄さまからもらった銭と、加藤順盛殿からせしめた銭の四分の三をつぎ込むとか我ながら何してているんだと思わないでもないが、クオリティオブライフってやっぱ大事である。

特にお風呂と水洗トイレ（柔らかい和紙付き）は必要不可欠！

現代文明を知る身にはもう、さすがにこれらがないと耐えられないのだ！

ちなみに、水洗トイレの動力は水車である。

ありがとう、又右衛門さん！

これでわたしはこの戦国乱世を強く生きていけます。

「って、さむさむ！」

身体を起こした瞬間、部屋の寒さに思わず身体を震わす。

贅沢言ってるのはわかるけど、できればさらにエアコンも欲しいな、切実に。

まあ、庶民とかはこんなに寒いのに、寝るとき着物をかけてただけってんだからはるかにマシだけど。

小氷河期にそれっていったいどんな罰ゲームってレベルだよ。

とりあえず超高級品な綿布団を使える織田家の姫に生まれてマジ良かった！

この時代、まだ木綿がないのよね。

今年ちょっと試しにうちの領地に作付けできないか検討してみよう。

さすがにこれでは領民たちがかわいそうだ。

「とりあえず茶の間に行くとしますか」

布団を羽織って、わたしはもそもそと寝室を出る。

あそこには掘り炬燵《ごたつ》がある。

多分、ゆきとはるのどちらかがもう起きていて、炭に火を熾《おこ》してくれているはずだ。

「おお、姫様、あけましておめでとうございます！」

茶の間に入ると、じぃが先に炬燵でぬくぬくしていた。

この家の完成以来、よっぽど居心地がよくて気に入ったのか、彼はこの家に毎日のように入り浸っている。

屋敷にある客間の一つは、もうすでにじぃの個室と化しているぐらいだ。

いや、実質この下河原の管理運営をしているのはじぃだから、全然いいんだけどね。

「うん、あけましておめでとう、じぃ。今年もよろしくね」

わたしも挨拶を返し、もぞもぞと炬燵布団の中に足を突っ込む。

はぁぁぁ、ぬくぬく。幸せだわー。

炬燵はほんと人類の至宝に認定していいと思う。

「これでわたしも八歳かー」

掘り炬燵の中で足をぶらぶらさせながら、わたしはなんともなしにつぶやく。

二一世紀の数え方だと、まだ六歳なんだけど。

戦国時代は、二一世紀とは年の数え方が違うのだ。

生まれた時からすでに一歳で、新年を迎えると自動的に一つ年を取る。

極端な話、一二月三一日に生まれた赤ちゃんは、なんと翌日には生後二日目にして二歳になるのだ。

「ははは、まだお若いお若い。それがしは六四ですぞ」

人間五〇年とか言われているこの時代にしては、かなりの長生きである。

でも全然かくしゃくとしているので、ぜひとも長生きしてほしいものだった。

「姫様、あけましておめでとうございます」

「姫様ー、あけましておめでとうございまーす!」

そこにゆきとはるが朝ごはんを持ってやってくる。

今日はバター添えのパンケーキにホットミルクである。

簡素ではあるが、冬場に寒い朝っぱらから長々と炊事させるのはかわいそうだからね。

朝食はこれぐらいでいいのだ。

ちなみにホットケーキとパンケーキの違いは、ほとんど砂糖が入っていないのがパンケーキである。毎日がっつり食べるには砂糖は高いのだ！

「あけましておめでとう。寒かったでしょ。ほら、入って入って」

「はい。ではお言葉に甘えて」

「失礼しまーす」

わたしが炬燵を勧めると、二人もそそくさと入ってくる。

最初の頃はゆきなんかは主人と同席するなんてと抵抗したものだけど、遠慮しないはるが一人ぬくぬくしている姿に、さすがに耐えられなかったらしい。

最近ではもう観念したのか、すんなり入ってくるようになった。

よきかな、よきかな。

やっぱり一人だけ寒そうにしてると、こっちもなんか居心地が悪いしね。

「おっ、今日のパンケーキ、いい感じじゃない」

「でしょでしょ、最近焼き方のコツがわかってきたんですよー」

はるが得意げにふふんと鼻を鳴らす。

実際、お世辞抜きに上達したと思う。

そこに加えて、卵も牛乳も採れたてで風味も格別！

このあたりは二一世紀でも味わえない贅沢だろう。

余は満足である。

「ご馳走様。あー、このままずっと炬燵でごろごろしていたい」

パンケーキを食べ終え、ホットミルクをすすりつつ、わたしはしみじみと言う。

でもそういうわけにもいかないんだよなぁ。

信秀兄さまに年始の挨拶に行かないと。

いやだなぁ、寒そうだなぁ。

「まったくですなぁ。老骨にこの寒さは染みますわい」

じぃも隣で憂鬱《ゆううつ》そうに嘆息する。

ごめんね、まだわたし、一人で馬に乗れないから。

ほんとは悠々自適な隠居暮らしなのに。

「お勤めご苦労様です、お二人とも。帰ったら鶏鍋を用意しますから頑張ってきてください」

「わ～ん、ゆき、愛してる！」

感極まり、わたしは彼女の手を取る。

彼女の鳥鍋はほんと絶品なのだ。

さっさと行って挨拶して帰ってこよう。そうしよう。

「ふふっ、はいはい、私も愛してますよ、姫様」

「なんか平和ですねー」

そんなわたしとゆきを見ながら、はるがしみじみと言う。

「このまま戦なんてなくて、平和で何事もない日々が続いてほしいです」

「そうねぇ」

頷きつつも、その願いが叶えられないことをわたしは知っていた。

すでに去年のうちに、わたしが信秀兄さまに予言した通り、北の美濃国では斎藤道三が謀反を起こし、今まさに美濃守護の土岐頼芸と熾烈《しれつ》な戦いを繰り広げている真っ最中である。

戦況は初期こそ土岐氏有利に進んでいたそうだが、最近は斎藤道三が窮地を脱して盛り返してきたとのこと。

このままいけば史実通り、土岐頼芸が追放されて尾張に流れてくる可能性は高い。

そうなれば、信秀兄さまは彼の美濃守護復帰を大義名分に美濃に軍を進めるだろう。

戦の足音は、すぐそこまで近づいてきていた。


ドンッ！

年賀の挨拶に、信秀兄さまの居城古渡城を訪れた時のことである。

廊下を歩いていると、突如わたしは後ろから思いっきり突き飛ばされていた。

八歳の身体は軽々と吹き飛び、床につんのめる。

「い、いった～っ！」

いったいどこのどいつだ!?　とわたしはしたたかに打った鼻を押さえながら振り返る。

てっきりまた吉法師《のぶなが》かと思ったが、違った。

年の頃は三〇半ばぐらいといったところだろうか。

蛇のような冷たい目が印象的な、薄気味悪い男である。

おぼろげに、顔に見覚えがあった。

確か……我らが織田弾正忠家の主筋に当たる、尾張守護代を務める織田大和守《やまとのかみ》家の嫡男、織田信友様だ。

「ん～？　何か蹴ったと思ったが、つやであったか。すまんすまん、小さくて見えなんだわ」

信友様がへらへらと嘲笑を露わに言う。

あ～、これ絶対わざとだ。

信秀兄さまの織田弾正忠家は飛ぶ鳥を落とす勢いであり、今や主家であるはずの織田大和守家はその風下に立たされている。

当然、織田大和守家としては面白かろうはずもない。

だが、信秀兄さまに直接、嫌がらせするのは怖い。

そこでその妹であるわたしに憂さ晴らしした、といったところか。

なんともみみっちい男である。

「大丈夫です。幸いどこも怪我していないようですから」

一応は主家の人間である。

内心の怒りを抑え、愛想笑いを浮かべて応対する。

「でも足元にはお気を付けあそばせくださいね。小石だと思ったものが、地中に埋まる大岩の一角、怪我をするのは信友様、なんてこともあるやもしれませぬ」

もちろん、やられっぱなしで済ますわたしではない。

きっちり皮肉を織り交ぜておく。

「なにっ⁉」

思わぬ反撃に、それまでへらへらと笑っていた信友様の顔が凍る。

わたしの言わんとしたことが、伝わったのだろう。

小石、すなわち家臣と下に見ていた信秀兄さまが、実は大岩だった、と。

下手にちょっかいかけたら、その身がどうなるかわからんぞ、と。

「ガキがっ！」

信友様が憎々しげに吐き捨てる。

わたしはキョトンとした顔を装い、

「御身を心配しての言葉だったのですが、何か気に障るようなことを言ってしまったのなら申し訳ございません」

素知らぬ顔で言って、深々と頭を下げる。

そして信友様に見えないように、べ〜っと舌を出す。

よし、これで多少は溜飲《りゅういん》も……

「しらじらしい！　大人を舐め腐りおって！」

信友様がヒステリックに叫び、ドンッと肩を突き飛ばされ、尻もちをつく。

あいた〜！　えっ!?　ちょっ、この程度でキレるの!?

額面上は心配した言葉でしかないのに。

さっきの突き飛ばしはまだ偶然の事故と言い張れるが、これはもう言い逃れできぬ故意だ。

一応、わたし、今、尾張で最も勢いのある信秀兄さまの妹よ？

それを被害妄想（まあ、実際には皮肉はこめてたんだけど）で暴力を振るったとか、さすがにちょっと後先考えなさすぎでしょ!?

「俺があやつを恐れて何もできぬと思ったか!?　その生意気な性根、叩き直してくれる！」

バキボキと拳を鳴らしながら、怒りで顔を歪めた信友様が近づいてくる。

どうやら地雷を踏んでしまったのか、完全にぶちギレている。

これはちょっと、やばいかも……。

信友様が足を持ち上げ、思いっきり振り下ろす。

痛みに備え思わずわたしは目をつぶる。

ガッ！

激しい激突音、しかし、肝心の痛みや衝撃はない。

あれ？　と思ってそおっと目を開くと……

まず筋肉質な厚い胸板が視界に飛び込んできた。

視線を上にあげると、見覚えのあるむすっとした不愛想顔があった。

「か、勝家殿!?」

そう、そこにいたのは先日、熱田観光の護衛をしてくれた柴田勝家殿だった。

その背中には、信友様の足が乗っかる。

どうやらとっさにわたしに覆いかぶさるように、守ってくれたらしい。

「お怪我はありませぬか？」

「え、ええ」

蹴られたのは勝家殿なのに、まずわたしの怪我の心配をする。
イ、イケメン！
「なんだ貴様は!?　邪魔をするな！」

ガッ！　ガッ！　と信友様は勝家殿の背中を蹴りまくる。

が、しょせんはお坊ちゃん育ちである。

鍛え上げられた勝家殿はびくともしない。

「うおっ!?　っつ～！」

むしろ蹴った衝撃で、信友様のほうが体勢を崩し、無様に尻もちをつく。

ふふっ、いいざまだ。

攻撃がもうないことを確認し、勝家殿が立ち上がり、信友様の方を振り返る。

「ひっ！」

なんとも情けない悲鳴が、信友様の口から漏れる。

まあ、そりゃそうだろう。

勝家殿はこの時代では巨漢も巨漢である。

しかも骨格もがっしりしている。

そんな人間に見下ろされたら、そりゃ怖いに決まっている。

「ぶ、ぶ、無礼者ぉっ！　お、俺は織田信友だぞ！　次期織田大和守家当主！　尾張守護代になる男だぞ！」

甲高く震えた声で叫び散らかす。

びびっているのがまるわかりである。

はっきり言って、格好悪い。

身分は信友様のほうが上かもしれないが、男としての格は勝家殿の圧勝である。

「お、俺にこんな恥をかかせおって！　打ち首だ！　貴様など打ち首にしてくれる！」

う、打ち首ぃっ!?

しかも恥って、自分から蹴っておいて、バランス崩して尻もちついただけじゃない！

冤罪もいいところである。

とはいえ、かなり危険な状況ではあった。

見るからに馬鹿殿とはいえ、信友様は本人も言うように、次期守護代が内定している方である。

彼が権威を振りかざせば、道理もへったくれもない。

このままではわたしのせいで勝家殿が打ち首になってしまう！

「何事ですかな？」

そこに落ち着いたバリトンの声が割り込んでくる。

この声は……

「信秀～っ！」

信友様がその名を呼ぶと同時に、呪い殺しそうな眼で信秀兄さまを睨みつける。

が、信秀兄さまはそんな彼の憎悪など素知らぬ顔でしれっと言う。

「うちの妹と家臣が何か粗相をしてしまったようですが、わしのほうで叱っておきますので、今日のところはそれで水に流して頂けませぬか？　元旦から我らが揉めるのは達勝《みちかつ》様も望みますまい」

どうやら仲裁してくれるようである。

た、助かったぁ！　ほんといいところに来てくれました！

「ちっ！　～～っ！」

信友様が立ち上がるなり、舌打ちとともに忌々しげに顔をゆがめる。

よっぽど信秀兄さまのことが嫌いらしい。

まあ、こうしてみると、この二人、同年代だもんな。

出自もだいたい同じ。

にもかかわらず、実績では大きく水をあけられている。

色々劣等感をこじらせていそうなのが、その眼を見るだけですぐにわかった。

「ったく、なら下の教育ぐらいしっかりしておけ！」

「面目次第もございません」

「あまり調子に乗ってんじゃねえぞ？　俺は義父上《ちちうえ》ほど甘くはない。俺の代になったら、貴様の好き勝手にはさせせんからな！」

信友様はビシッと信秀兄さまを指差し、吐き捨てるように宣戦布告する。

わたしは思わず得心する。

まさかここまでとは思わず、わたしも読み間違えてしまった。

この人は、いわゆる馬鹿なんだな。

すでに地力では弾正忠家のほうが大和守家を圧倒的に上回っていることを受け入れられていないのだ。

形式だけの守護代という地位にすがり、自分のほうが偉い、凄いと思い込もうとしている。

そう言えば思い出したが、信友様は後年、信長の暗殺計画を立てたり、今川と内通しようとしたりと色々悪さしているが、すぐに発覚していた。

これではそうなるよなぁ、と思う。

身の程というものを知らなすぎるのだから。

「ご忠告、胸にとどめておきます。それと、わざわざ年初の挨拶においでいただき、ありがとうございます」

信秀兄さまはペコリと頭を下げるが、これは痛烈な皮肉である。

主筋であるはずの信友様が、信秀兄さまの居城である古渡城のほうに挨拶に来る。

それが二家の今の力関係を如実に示していた。

「義父上に行けと言われたからだ！　来たくて来たわけではない！　本来はお前のほうが来るべきなのだ！」

「そうですね。本来はそうすべきですが、このところ多忙な身でして。だから信友様自らおいでいただき、真にありがたく思います」

癇癪《かんしゃく》気味の信友様の言葉にも、信秀兄さまはやはり臣下の礼を崩さず丁寧に受け答えする。

だがどこかしらじらしい。

慇懃《いんぎん》無礼とはまさにこのことを言うのだろう。

そして、馬鹿は馬鹿なりにそれを感じ取ることができたのだろう。

信友様はぎりぎりと忌々しげに奥歯を噛み締め、

「ふんっ！　口ばかりは達者だな！　今に見ておれ！　俺を侮ったこと、後悔させてやる！」

捨て台詞とともに踵を返し、のしのしとその場を去っていく。

まるで子供と大人の喧嘩だった。

信友様としては、信秀兄さまのことをライバルと思ってるのかもしれないが、可哀想だが役者が違いすぎる。

そのことに、彼だけが気づいていない。

大物気取りが余計に痛々しく、哀れなピエロそのものだった。

「まったくあの御仁にも困ったものだな」

信友様がいなくなったのを確認してから、信秀兄さまがやれやれと嘆息する。

歯牙にもかけぬ相手ではあるが、形式上では敬わねばならない主家であり、信秀兄さまにとってもやはり面倒くさい存在ではあるのだろう。

「まあ、あの通り、後先を考えられぬ癇癪持ちだ。接する時には言葉に細心の注意を払え」

「ええ、身に沁みました。あの方には近づかないようにします」

わたしも前々世のこともあってか、「やられたらやり返す！」って反骨精神が強いからなぁ。

下手に関わろうものなら、反撃せずにはいられそうにない。

これはもう、触らぬ神に祟りなし、だった。

「ならばよい」

うむっと信秀兄さまは頷き、ついで勝家殿に目を向ける。

「勝家。貴様もよく妹をかばってくれた。礼を言う」

「はっ」

信秀兄さまの礼にも、勝家殿はむすっとした顔で端的に返す。

信秀兄さま相手にもそうなのか。

相変わらずだなぁ。

でもそういうところがちょっとかわいいとも思ってしまう。

信秀兄さまも、勝家殿の気質がわかっているのか態度をとがめるつもりもないようで、うむと一つ頷き、あらためてわたしのほうに視線を向ける。

「ああ、ここで会えたのなら丁度いい。つや、貴様に用があったのだ」

「わたしに、ですか？　なんでしょう？」

「年始に子供にやるものと言えば、お年玉だろう」

「えっ!?　あ、ありがとうございますっ！」

うわ、やった！

まさかそんなものをもらえるなんて思ってもいなかった。

開発予定のものもまだいくつかあるし、温泉も掘りたいんだけど、屋敷の造営で、ちょっと、いやかなり懐が寂しくなってきてたのよね。

また一〇〇貫文ぐらいもらえると嬉しいんだけどなぁ。

……そこまではさすがに欲張りすぎか。

でも尾張一の金持ちだしせめて一〇貫文ぐらいは……

「貴様に日比津一二〇〇貫を与える」

「はいっ!?」

一〇〇倍以上!?

予想をはるかにはるかに上回るものを提示され、わたしは間の抜けた声とともに目をぱちくりさせる。

しかも銭一二〇〇貫、ではない。領地一二〇〇貫、である。

一二〇〇貫の領地って、相当なんだけど……。

もちろん何の打診も受けていない。

はっきり言って、寝耳に水もいいところであった。

✲✲ ✲✲

「あの、どういうことでしょう？」

さすがに状況についていけず、わたしは思わず問い返す。

一二〇〇貫って、けっこうな大領である。

江戸時代ならば、幕府仕えで大身《たいしん》旗本、五〇万石クラス以上の大名家でも重臣扱いというけっこうな禄である。

さすがにお年玉の域を超えすぎている。

意味がわからなかった。

「三年以内にソロバン並みのものを三つ用意すれば加増すると最初に言うておいたじゃろう。まさか三年どころか二ヶ月ほどで達成するとは思いもせんかったがな」

「……え〜っと、まだわたし、聖牛ぐらいしか提示してないと思うんですけど？」

眉をひそめて、わたしは小首をかしげる。

そんなわたしに信秀兄さまは、はぁっと大きく嘆息し、

「聖牛に、釈迦の乳粥や醍醐味の逸話による牛乳の迷信の払拭に、兵糧食ちいずの開発、ついでにぷりんじゃ」

その中にプリンが入るんだ⁉

なんか一つだけ浮いてる気がするんだけど⁉

いやまあ、プリンはわたしも大好きだけどさ。

しかし、牛乳をそこまで評価していてくれてたとは盲点だった。

ほとんどあれはわたしのお菓子欲による道楽みたいなものだったからなぁ。

「というわけで、約束通り貴様には褒美を与える。遠慮なく受け取るがよい」

「は、はあ」

曖昧《あいまい》に返事しつつ、顔が引き攣るのが自分でもわかった。

遠慮なくって言われても、一二〇〇貫って約一億四四〇〇万円相当なんですけど……。

しかも毎年！

もちろん五公五民で半分は農民のものなんだけど、それでも毎年七〇〇〇万円以上が自動的に入ってくるようになるとか、そりゃ怖気《おじけ》づくってーの。

そこまで価値のある仕事をしたって感覚もないしなぁ。所詮、他人のふんどしだし。

……よし。

「働きを高く評価してくださり、ありがたき幸せに存じます。されど、わたしのような小娘には一二〇〇貫もの大領を治める器量はまだございません。今の下河原で十分です」

「ほう、なんとも欲のないことよ」

信秀兄さまが呆れたような声で言う。

いやいや、五〇貫でも年商六〇〇万円実収入三〇〇万円だから！

一応、じぃに領地管理のお礼として月一貫文を渡しているけど、それでも年一五〇万円分ぐらいは残る。

八歳の子供には今でもう十分すぎる額だった。

それに……ただでディスカウントするつもりもない。

「代わりと言ってはなんですが、一つお願いしたいことがございます」

「面白い。聞こうではないか」

信秀兄さまが楽し気に口の端を吊り上げる。

一二〇〇貫もの領地を蹴っての願いである。興味が湧いたといったところか。

そんな信秀兄さまの目を見据えて、わたしは言う。

「結婚相手を選ぶ権利を頂けますか？」

領地なんかよりも、まずなにより欲しいものがこれだった。

前回は自粛したが、一億五〇〇〇万円相当の土地を渡すぐらいの価値をわたしの発明に感じてくれているのなら、交渉する余地はありそうである。

わたしはもう、誰とも連れ添う気はないのだ。

わたしには、死神が憑《つ》いている。

わたしと一緒になれば、数年のうちに死んでしまうかもしれない。

わたしなんかの運命に巻き込んでしまうのは、あまりにかわいそうだった。

非科学的だってことは、わかっている。

ただの偶然かもしれないって。

でも、旦那に置いていかれるのはもうこりごりなのだ。

「ほう。そうきたか……ふむ、まあ、いいじゃろう」

「ほ、本当ですか!?」

わたしは食い気味に確認する。

言っておいてなんだが、まさかここまであっさり了承してくれるとは思わなかった。

この時代の大名の姫の結婚は、政略の一つなのに。

「ああ。じゃが、条件が一つある」

ですよねー。

信秀兄さまはそんな甘いおひとじゃない。

でも、間違いなく突破口は見えたんだ。突っ込むのみである。

「なんです!?　また何か三つ作れ、ですか？　それとも五つですか!?」

「あっさりと言うのぅ。まだまだ素戔嗚の知恵はある、ということか。まさにそういうところじゃな」

「え？　そういう、とは？」

キョトンと問い返すわたしに、信秀兄さまは苦笑し、

「おいそれと貴様を他家にやるわけにはいかん、ということよ。要求通り、選ぶ権利はくれてやろう。じゃが、選択肢はわしがこれと見込んだ奴からだけじゃ」

うぅむ、そうきましたか。

八つの女の子が絶対結婚したくないです、というのもなんか説得力ないかなってことで選ぶ権利を欲しいと言ったのだけれど。

ちょっと裏目に出てしまったかも。

まあ、自分で言うのもなんだが、わたしの知識はこの時代にあっては宝の山だ。

織田家当主としての立場から見ると、至極妥当な判断ではある。

……ふむ。

「確認ですが、選べると言うことですから、もしわたしが気に入らなければ全て袖にしてもいいんですよね？」

少し考えてから、わたしは問う。

そもそもこんな願いをしたのは、結婚しないためである。

全て断れるのなら、まったく問題はない。

「是非もなし！　好きなだけ吟味し、納得のいく婿を選ぶがよい。貴様の成し得たことにはそれぐらいの価値はある」

「ありがとうございます！」

がばっと勢いよく、わたしはその場に平伏する。

いやぁ、心の荷が下りたわ～。

これで自由気ままなおひとり様ライフを満喫できるってもんよ。

すでに織田家臣へのソロバン指導は、村井貞勝《さだかつ》って超優秀な人がマスターしたんで予定より早いけど後はその人に任せてお役御免だし、聖牛も林さんが担当だし、領地の管理運営はじぃがしてくれてる。

その他のアイディアも、だいたいはもう実務段階に入っていてわたしの手を離れている。

去年はけっこう忙しかったし、信秀兄さまの課題もクリアしたし、しばらくはのんびりしようかしら。

冬の間、炬燵でみかんでも食べながらゴロゴロ寝正月。

うん、最高ではなかろうか。

「ああ、そうだ。やはり日比津一二〇〇貫は受け取っておけ」

「へっ!?」

夢の生活に思いを馳せていたら、いきなり冷水を浴びせかけられた。

待って？

下河原で人口は六〇人。

その二五倍の貫高ってことは……単純計算でも人口一五〇〇人!?

そんな人数の地域の管理運営とか、仕事が激増するのが目に見えているんですけど!?

「そう遠くない未来、間違いなく貴様の名声は近隣諸国に轟《とどろ》こう。ぜひ我が家に、という声も殺到するはず。その時五〇貫より一二五〇貫の大身のほうが断りやすい」

「うっ、確かに」

姫とは言えすでに一家を構えた重臣を他家にやるわけにはいかないとか言えば、実にいい断り文句である。

むううう、結婚断るためには仕方ないかぁ。

「わかりました。有難く頂戴いたします」

まさに苦渋の決断だった。

こうしてわたしは、下河原・日比津一二五〇貫の大身領主となり――

ごろ寝正月の夢は泡と消えたのである。

ちくせう。


「なんと……っ！　おめでとうございます、姫様！」

「わぁ、すごいですね！　おめでとうございます！」

下河原の屋敷に戻り加増の話をすると、ゆき、はるがわぁっと喜びを顔いっぱいに表現して、祝辞を述べてくる。

言葉だけではなく、彼女たちのわたしへの好意が感じられて、それは素直に嬉しいんだけど……。

「ありがと。でも、喜んでばかりもいられないのよねぇ」

はあああっと嘆息とともにわたしは炬燵の机に突っ伏す。

「しかり。この下河原程度であれば、それがし一人でも切り盛りできますが、一二〇〇貫もの大領となれば、明らかに人手が足りませぬ」

じぃがうむっと頷きつつ、ゆきの入れてくれた熱燗《あつかん》をお猪口《ちょこ》に注ぐ。

「そーなのよねぇ」

実は今のところ、わたしには家来と呼べる人間が一人もいなかったりする。

ゆきとはるはわたしに仕えてはくれてるけど、あくまで古渡城に奉公に来ている身である。禄もそちらから出ている。

じぃも信秀兄さまから付けられた傅役であって、わたしの家来というわけではない。

村人たちも、家来ではなくてあくまで領民である。

「こりゃもう誰か雇うしかないわね」

さすがに急を要するし、贅沢は言ってられないけど、どうせなら有能な人間を雇いたいところだった。

どっかに転がっていないかしら。

「ふむ、では、それがしの次男などはどうでしょう？」

「え？　じぃの息子さん？」

「はい、まだ一六と元服したばかりで年は若うございますが、かなりの武辺者《ぶへんもの》です。一二五〇貫の大身となれば、護衛の一人も必要でしょう。奴なら打ってつけです」

自信満々に推薦してくる。

んん？　佐々家で、次男で、年が一六で、武辺者？

「え〜っともしかして、なんだけど、その息子さん、成経《なりつね》さんとかいったりします？」

「おお、よくご存知で」

「えと、ちらりと風の噂で」

「ど、どのような噂で？」

ぎくりとじぃが表情を強張らせる。

ん？　なにかあるのか？

「え〜っと、お強い、と」

とりあえず、質問に答えておく。

佐々成経は、弟の佐々成政に比べればもうめちゃくちゃマイナーと言わざるを得ないが、今から六年後に勃発する小豆坂の戦いで大活躍し、「小豆坂七本槍」と顕彰されたほどの勇将だ。

さすがに勝家殿とは比べるべくもないが、十分すぎるほどに強いはずだった。

「おお、そっちの噂でしたか。うむうむ、ならば話が早い」

じぃが嬉しそうに頷き、

「どうでしょう？　禄として三〇貫文ほども頂けるとありがたいのですが」

やすっ！

なんかちょっとじぃの言葉に含みがあるのが気にはなるけど……小豆坂七本槍が年俸三六〇万円とか絶対に買いだろう。

「わかりました。じぃの息子さんならわたしも大歓迎です」

「おおっ、ありがとうございます」

「いえ、ご紹介してくださり、こちらこそありがとうございます」

一二五〇貫もの大身となれば、当然、戦が起きれば与力《よりき》することを求められるはずだ。

だが、わたしはまだ八つの子供。

代わりに兵を指揮する武将の存在は、絶対に必要だった。

「ただ……お恥ずかしながら学問や礼儀作法にはとんと興味がなく、あと素行もちょっと悪いのですが、そのあたりは今後に期待と言いますか……」

じぃがポリポリと頬をかきながら、言いにくそうに付け加える。

了承をもらってから言うあたりが、ずるいといえばずるい。

とは言え、その辺、ある程度察した上で、こちらも了承したのだ。

「元から護衛として推薦されたんだし問題ないですよ」

気にしてないとばかりに、わたしはしれっと返す。

我が子可愛さからというのは、わたしも前々世で子を持った身なのでよくわかるところである。

それにじぃもういい年だし、ちゃんとした護衛兼移動用の騎手が欲しいところだったからちょうど渡りに船だったのだ。

「はっ、恐縮です」

「ただ急務の領内統治にはまた別に人が必要そうね」

「しかり」

「誰か他にこれはって心当たりはある？」

「うぅむ、残念ながら。名のある人物となるとやはりすでにどこかに仕えておりますし」

「そりゃそうよねぇ」

まあ、そう簡単に在野に優秀な人が転がってたら、苦労はない。

でもわたしには有難いことに、未来の知識がある。

とりあえず、某ゲームで織田家スタート時の在野武将を頭に思い浮かべてみる。

いの一番に思い浮かんだのが、滝川一益だ。後に織田四天王の一角を務めるまさにＳＳＲな有能武将である。

でもあのひと、わたしの記憶では織田家に来るのはもっともっと後だったはずだ。

尾張に来る前に摂津国（大阪）で鉄砲を学んでたって話だけど、そもそも鉄砲の伝来は来年である。

ちょっと期待できそうにない。

ん〜、他に誰か……ああっ！

ちょうどいい人がいたじゃない！

内政能力高くて、弓の達人で、まだ誰にも仕えていなくて、しかも居場所もきっちりわかっている。

そんな有能で都合のいい人物がいるじゃないか！

＊＊　＊＊

「うぃーす！」

翌日、屋敷に現れたのは、ヤンキーだった。

二一世紀風に言うと、ＤＱＮ？

いやもちろん、この時代にヤンキーもＤＱＮもいないんだけど、なんかもうそうとしか言いようのない雰囲気なのだ。

この時代だと確かうつけ者とか傾奇者《かぶきもの》とかっていうんだっけ？

ヤンキー座りして、口にタバコ代わりに笹の葉くわえて、凄い形相で威嚇している。

うん、ヤンキーがやっぱり一番しっくり来るな。

「あんたがつやか？　ふ〜ん」

ヤンキーは不躾な目でわたしをじろじろと観察しはじめ――

ブゥン！

隣にいたじぃが、ヤンキーに向かって手に持っていた杖を振り下ろす。

ちょっ、いきなり何を!?

「何すんだよ親父!?」

後ろに飛び退《の》いてかわしながら、ヤンキーが抗議する。

親父？

ってことはこのヤンキーが今日からわたしに仕えてくれるという佐々成経殿？

「やかましい！　この無礼者が！」

じぃは叫び、さらに畳みかけるように連撃を繰り出す。

が、

「おいおい、もういい年なのにあんま無理しないほうがいいぜ？」

それらすべてをあっさりとかわしてのける。

還暦を過ぎているとはいえ、じぃの攻撃はかなり速く巧みだというのにだ。

「よっと」

じぃが振り下ろしたのを見計らって、ヤンキー――成経殿は杖を踏みつけて制する。

凄い。無手で勝っちゃったよ。

「ちっ」

じぃは舌打ちとともに杖を手放し、わたしのほうに向き直る。

「この通り、礼儀のれの字も知らぬうつけではありますが、腕は確かです」

「ひでえな、反応できなかったらどうしてたんだよ。あの勢い、下手すりゃ死んでたぞ」

「あの程度でやられる玉か、貴様が」

忌々しげに、じぃが吐き捨てる。

なるほど、ちょっとした腕試しのデモンストレーションだったというわけか。

成経さんにはまったく知らされていなかったみたいだけど。

でもだからこそ、わかるものもある。

咄嗟《とっさ》の危機に対応できる。

護衛に最も必要な能力だった。

「見事です。宜しければぜひわたしの家来になっていただきたいです」

わたしはニコッと微笑みつつ言うも――

「は？　俺がお前の？」

キョトンとした顔で返される。

こちらをからかってるのかと一瞬思ったが、そういう感じではない。

本気で何を言ってるのかわからないようだった。

「じぃ？　伝えてなかったんですか？」

わたしもそれは初耳なんですけど。

てっきり了承をもうとってるものとばっかり。

「申し訳ございませぬ。先に伝えては、女に仕えるなどまっぴらごめん、と言ってここに来そうにもなかったので」

「へっ、よくわかってんじゃねぇか」

笹の葉をピコピコさせながら、成経殿は笑う。

これはけっこうな跳ねっかえりだなぁ。

扱いもめんどくさそう。

とは言え、「小豆坂七本槍」だ。

素行に多少の問題があるとはいえ、今後の事も考えると喉から手が出るほど欲しい人材であることは間違いないのよねぇ。

さて、どうするか？

じぃも先に教えておいてくれれば、策の一つ二つ練りもしたのに。

ぶっつけ本番はわたし、弱いんですけど。

「まあ、でも、いいぜ。あんたの家臣になってやるよ」

「へ？」

あっさりと了承の返事が来て、わたしは思わず間の抜けた声を漏らす。

ちょっと、拍子抜けなんですけど。

いったいどういう風の吹き回し？

「……どういう風の吹き回しじゃ？」

じぃも同じ感想を抱いたらしく、怪訝《けげん》そうに息子に問いかける。

てか、そんなに渋りそうに思っているのなら、先にちゃんと説得しておいてほしい。

「臭《にお》いさ」

「臭い、じゃと？」

じぃがオウム返しする中、わたしも思わず自分の袖をクンクンと嗅ぐ。

自分じゃわからないけど、もしかしてなんか臭う？

別にそんな香とかも焚いてないいんだけどなぁ。

「ああ、俺の嗅覚がビンビン反応するのさ。この女はやべえ！　ってな。すげえ危険な香りがする。近くにいれば、楽しめそうだ」

ニッと口の端を吊り上げながら、成経殿が笑う。

随分と感覚派だなぁ。

けど、馬鹿にはできない。

実際わたしには二一世紀の知識がある。かなり危険でやばい女なのは間違いないのだ。

「この女とはなんじゃ⁉　仕えると言うたからには主君じゃぞ⁉」

はあっと重々しい嘆息とともに、じぃが手で顔を覆う。

色々これまでの彼の素行に、やきもきしてきたんだろうなぁ。可哀想に。

「あ～、まあ、おいおい直していくさ」

「おいおいでは遅いと言うとるんじゃ！　貴様がそんなでは、主君であるお姫様に恥をかかせることになるんじゃぞ!?」

「へっ、その損失は、槍働きで返すさ」

ニッと成経殿は獰猛《どうもう》に笑う。

自分の強さをかけらも疑っていない。そんな笑みだった。

「てなわけでよろしくな、姫さん！」

こうしてわたしに記念すべき一番目の家来ができたのである。

……一番最初がこの人でいいのかってちょっと思うけれども、次は、次はちゃんと真面目な人を雇うから！


「ふぃ～、姫さん、着いたぜ～」

馬を止め、成経がだるそうに伝えてくる。

正式にわたしの家来になったのだから、殿と敬称を付けるのもどうかと思うので呼び捨てである。

目の前にはなんとも古めかしくも威厳を感じる寺がそびえ立つ。

天台宗成願寺。

なんと天文十一年の現時点でも創建されて八〇〇年近いという古く由緒正しいお寺である。

そうここに、わたしの求める人材がいるのだ。

「ありがとう。ずいぶん馬の扱いうまいのね。またよろしく頼むわ」

馬から降ろしてもらいつつ、礼を言う。

これはお世辞でもなんでもない。

どうやっているのかはわからないが、じぃが操っている時より、成経の馬上の揺れが格段に少ないのだ。

下河原からここまで一刻弱。実に快適な旅だった。

「ちっ、下手に乗るべきだったか」

「ふふっ、今さらね。次も上手く乗ってくれないと禄下げるから」

「へ～い」

なんてたわいない会話をしながら、寺の境内に入る。

ちょうど小坊主たちが庭の掃除をしているところだった。

「いらっしゃいませ。参拝でしょうか？」

その内の一人が、声をかけてくる。

わたしは首を振り、

「いえ、人に会いに来たの。太田って家の人はいる？　確か安食《あじき》村の出身だったと思うんだけど」

「え？　多分それ、拙僧かもです。どこかでお会いしたことございましたか？」

キョトンとした顔で問い返される。

おおう、まさか一番目にビンゴするとは。

わたしは冷静さを取り繕いつつ言う。

「いえ、会ったことはないわ。ただ、弓が上手な人がいるというのを風の噂に聞いて、ここを訪れたの」

「ああ、弓なら得意です。安食村では確かにもっぱら弓を射《う》ってばかりいました。しかしまさかそれが噂になっていたとは」

誇らしげに、嬉しそうに小坊主さんは表情を輝かす。

うん、ごめん。喜んでるところ悪いけど、口から出まかせなんだ。

後世の記録で弓が得意だった、って知ってるだけで。

で、弓ってけっこう長い修練期間がいるから、子供の頃からやってるだろうってカマをかけさせてもらったのである。

「ちょっと弓の腕を見せてもらえる？」

言って、わたしは成経に目を向ける。

それだけで彼は察したらしく、背中に背負っていた弓と矢筒を手に取り、小坊主さんにスッと差し出す。

小坊主さんは戸惑った表情を浮かべ、弓とわたしの顔を交互に見る。

「あの、失礼ですが、貴女は？」

「ああ、わたしは織田弾正忠家当主信秀が妹つやと申します」

「織田の殿様の!?」

小坊主さんが驚きに目を見開く。

まあ、着ている物からある程度身分のある身だというぐらいはわかっていただろうが、さすがにそのレベルとは思っていなかったのだろう。

「そ、そんな方がいったいどうして……?」

「今、わたしは兄から領地を頂き、仕えてくれる家来を探しているところなのです」

「ということは、もし弓をきちんと射れれば、武士として取り立てて頂けるということでしょうか?」

その瞳には、隠し切れない期待があった。

毎日弓を引いていた男の子だ。

そういう憧れや野心がやはり心の奥底でくすぶっていたのだろう。

実際、史実ではこの後、彼は還俗して武士の世界に入っている。

なら、現時点でわたしが誘っても問題あるまい。

「ええ、もちろん。禄として二〇貫文でどう?　働き次第では加増ももちろん考えるわ」

二〇貫文、つまり年俸二四〇〇万円。

二一世紀の感覚だと高卒入社ぐらいならまあ普通ってところだけど、この時代、下級武士の年俸は五貫文とかがざらだったりする。

それらと比較すれば、かなり破格の待遇だったのだが、

「禄はいくらでもかまいません。それより、一つお聞きしたいことがございます」

どうやらこの小僧さん、俸禄にはあまり興味がなさげである。

ってことは、雇えるかどうかはこの後の質問への返し次第か。

「ええ、いくらでも聞いて」

内心少し緊張しつつも、平静さと鷹揚さを装って言う。

実際、疑問点は最初にすり合わせて解消しておいた方が後々面倒もないしね。

「では。お言葉に甘えて。貴女にとって領民とはなんですか？」

これまた抽象的な質問を……。

う〜ん、どう返すのが正解だ、これ？

わたしは少し考えて、

「そうね、持ちつ持たれつの関係、かしら」

結局、正直に思ったことを答えることにした。

上っ面に嘘を重ねたところで、後でどうせバレるし、ね。

税金なんて民からしたら取られないで済むならこれほど有難いものはないが、管理者側としてはそうも言っていられない。

領地の管理運営、防衛、開発にはやっぱりどうしても人手も金もかかるのだ。

そして無政府状態は悪政・暴政より民を不幸にするのは歴史が証明している。

だからその原資として、税はしっかり取り立てる。

もちろん、搾取しまくるつもりもない。

そんなことをすれば不平不満が溜まる。

一揆が頻発すれば、田畑は荒れるし、その鎮圧に無用なコストもかかる。

領民との関係がうまくいってなければ、戦の時にもいろいろ不都合が生じる。

それでは税を高くとって一時は儲かってもトータルでは損になる。

つまるところ、その辺のバランスを取ったウイン・ウインの関係が理想、かな。

なにかの統計でも、どっちかが搾取するウイン・ローズの関係より、ウイン・ウインの関係が結局一番、長期的にはお互いに利益が多いってあったし、ね。

つまり民のためになる善政を敷くことが、一番効率が良く、結局はそれがまわりまわって一番わたしの為でもある。

そのあたりのことを語って聞かせると、

「ありがとうございます、弓を貸してください」

どうやらわたしの答えは、彼のお眼鏡にはかなったようである。

よかったぁ。

これで貴女には仕えられませんとか言われたらどうしようかと思ったわ。

「おらよ」

「ありがとうございます」

成経から弓と矢筒を受け取り、小僧さんがスッと弓を構える。

表情が引き締まり、真剣な男の子の顔になる。
そして矢をつがえ、ゆっくりと弓を引いていく。
その一連の所作には、どこか美しさがあった。
ヒュン！　ダンッ！
三〇メートルほど先の木に見事命中する。
だが、そんなのはまだ序の口だった。
ヒュン！　ヒュン！　ヒュン！
小僧さんは立て続けに矢を放ち――
ダン！　ダン！　ダン！
最初の矢の周囲に次々と刺さっていく。
「ヒュ～♪」
成経が目を瞠らせつつ、口笛を鳴らす。
彼の目から見ても、かなりのものだったらしい。
これでもう、確定だろう。
安食出身で、成願寺にいて、太田の姓に、弓の達人。
彼こそまさしく、後の太田牛一《ぎゅういち》でまず間違いない。
だが、わたしが評価したのは弓の腕前だけではない。
むしろ彼のもう一つの能力だった。

太田牛一と言えば織田信長の第一級資料『信長公記《しんちょうこうき》』の著者であり、そして信長や丹羽長秀《にわながひで》、秀吉の下で辣腕《らつわん》を振るっていた行政官僚でもある。

領地経営が火急の課題である今のわたしにとっては、最も必要な人材だった。


「うう〜、もう疲れたぁ」

筆をすずりに置き、わたしはバタンと畳の上に大の字になる。

すでに今日、五〇ぐらいの書簡に目を通し、花押《サイン》したが、机にはまだまだ大量の書簡が積み上がっている。

信秀兄さまから新領地を賜ったことで、まあ、当然のことながら、膨大な量の事務処理が発生したのだ！

「ははっ、申し訳ありませぬな。決裁の印だけは姫様にしかできぬことゆえ」

追加の書簡を持って現れたじぃが、苦笑とともに言う。

うげ、まだ追加!?　と内心思いはしたが、

「わかっているわ。こちらこそごめんなさい。じぃのほうがはるかに大変なのに泣き言言って」

素直に謝る。

彼の方がわたしなんかより、明らかに仕事量が多いのだ。

今日一日でもわたし以上の書簡に目を通し、返事を書き、何十人もの人と会い、話を聞くなんてことまでしている。

すでに隠居の身だというのに、その仕事量にはただただ頭が下がるばかりである。

「ふふっ、昔取った杵柄。このくらい大したことありませぬわい」

本当になんでもないかのように、じぃはかくしゃくと笑う。

「いえ、ほんと大したことありますって。じぃがいてくれなかったらどうなっていたことか」

これは心からの言葉だった。

成経と牛一を家臣に雇ったが、人口一五〇〇人の領地を治めるとなるとまだまだ人手が足りない。

そこで他に人材の心当たりも伝手《つて》もなかったので、信秀兄さまに触れを出してもらい、家を継げずくすぶっている次男三男を集めることにしたのだ。

信長の真似をするのはちょっと癪ではあるのだが、そうでもしないと家来が集まらないんだから仕方がない。

他家からしても、扱いに困るドラ息子たちを厄介払いできるチャンスである。

結果、三〇人ぐらいの子弟が集まり、その中から見込みありそうなのを六人ほど雇わせてもらった。

その下に付いて雑用をする小者も四〇人ほど村から選抜。

けっこうな大所帯だが、貫高的にはこれぐらいでも少ないぐらいである。

とりあえずそこまではよかったのだが……

ただでさえ右も左もわからぬ新領地で大変だって言うのに、家臣たちもお互いに面識もなければ、ろくに領地管理のノウハウもない連携も取れない新米だらけ。

これで問題が生じないはずもない。

毎日毎日新たな問題が次々と発生し、その対策をいちいち考え、マニュアルを作成する。

その繰り返しである。

領主歴三〇年を超え経験豊かなじぃがいなければ、本当どうなっていたかわからない。

「お疲れ様です、成宗様。少し休憩なされては？　プリンと抹茶ミルクをご用意いたしますゆえ」

「おおっ、助かる。それだけが最近の楽しみじゃわい」

ゆきの言葉に、じぃがにま～っとだらしなく相好を崩す。

信秀兄さま同様、じぃもプリンがいたくお気に入りらしい。

「どうぞ」

「では、頂きます」

差し出されたプリンに行儀よく手を合わせ、じぃはれんげを閃かし振り下ろす。

今の我が領地はじぃがいなければ全く回らない状態である。

こんなものでよければいくらでも食べてもらって英気を養ってもらいたい。

「なんだと、こらぁっ！　もっぺん言ってみろ！」

しかし、彼のうららかなスイーツタイムは、野太い怒声によってかき乱された。

じぃが、なんともめんどくさそうに顔をしかめる。

その気持ちが痛いほど伝わってくる。

「上等だ！　表出ろ、こらぁっ！　決闘だ！」

この声は、どう聞いても成経である。

基本的にヤンキー属性の彼は、気性が荒い。

まだ雇って半月程度なのに、その怒声を聞くのはもう何度目だろうか。

とりあえず一〇回からは数えていない。

「やれやれ、あの馬鹿息子が」

「ああ、いいわ。わたしがいきます」

れんげを置いて立ち上がろうとするじぃを、わたしは制して立ち上がる。

「しかし……」

「いいのよ。わたしもずっと机仕事で気晴らしがしたいところだったし。じぃはプリンを堪能してて」

すでにじぃは朝から今まで働きずくめなのだ。

おやつタイムぐらい堪能させてあげないと、そのうち倒れてしまいかねない。

わたしがゆきとはるを伴って声のしたほうに向かうと、

「なんで貴方と戦う必要があるんです？　そんなことより、さっさとやり直してください」

「あぁん!?　ビビってんのか？　俺とやり合うのがこええんだろ!?」

「貴方を怖がってるのなら、こんな文句はつけません。御託はいいから、とっとと仕事をしてください」

「御託並べてんのはてめえのほうだろうが！」

早速、口論が轟いてくる。

相手は予想通り、先日採用した後の『信長公記』の著者、太田牛一である。

彼はいわゆる超の付くほどに生真面目で几帳面な委員長タイプで、ヤンキー気質の成経とはまさしく犬猿の仲と言うしかなく、この手の喧嘩が絶えないのだ。

「はいはい、二人ともそこまでー！」

パンパンと手を叩きながら、わたしは声を張り上げ二人の間に割って入る。

それまでいきり立っていた成経も、さすがに主君のわたしの登場にグッと下唇を噛んで押し黙る。

「で、今回の原因はなに？」

「姫様が御命じになられた検地の件です。佐々殿の担当分を確認したところ、あまりに杜撰《ずさん》な代物であり、やり直しを指示致しました」

あ～、そういうことね。

戦国時代は土地の広さとか収穫高がけっこうアバウトなところがあるので、最初が肝心ときっちり測ってしまうことにしたのだ。

正確な収入把握は、領地経営において基本のきと言えよう。

だからでたらめを報告されたら、そもそも検地をする意味がないという牛一の意見はもっともではあるのだが――

「なんでてめえなんかに指図されなきゃなんねえんだよ!?」

吠える成経の言い分にも、一定の理はあるんだよなぁ。

牛一はあくまで成経の同僚であり、上下の差はない。

家柄が物を言うこの戦国時代においては、むしろ佐々家の出である成経のほうが立場は上とさえ言える。

しかも、成経の本来の仕事はあくまでわたしのボディガードで、こういう事務系の仕事は本職ではない。

いきなり新領地が出来て仕事が増え、人手も足りず、毎日てんやわんやな家臣たちの状態を見るに見かねて、好意で手伝いを申し出てくれたのだ。

それでこんな風に上から頭ごなしにやり直せなどと命令されて、頭にこないほうがおかしい。

だが、そんな成経の怒気にも、

「指図するつもりはありません。ただの忠告です。こんな出来では、どうせ佐々の御隠居に差し戻しを喰らうのは目に見えていますから」

「クソ親父がなんだってんだ!? ほっとけ!」

「ほっとけと言われましても、仕事が遅延すれば拙者のほうにもしわ寄せが来ますし、なにより姫様や佐々の御隠居様も困る。なら今から修正したほうが時間の無駄もなく効率的でしょう?」

牛一はわずかも怯むことなく、涼しい顔で淡々と正論を返していく。

ほんっと胆力あるなぁ、この子。

成経の気迫の凄みは、さすがに勝家殿には劣るが、気の弱い者ならまずトラウマレベルの代物だ。

実際、牛一たちと同時期に雇った他の家臣たちも、五人ほどこの場にはいるのだが、みな成経の怒気にビクビクしている。

それを神経がないかのように、物ともしていない。

「あ〜っ！　うっぜえな！　ならもうてめえが適当に直しとけよ！」

おいおい、さすがにそれはちょっとどうかと思うぞ、成経。

熱くなりすぎて、主君であるわたしが目の前にいるってことも頭から吹き飛んでいるらしい。

「それはかまいませんが、その場合はきっちりその旨を報告書にしたためさせて頂きます」

牛一のほうも澄ました顔で火に油を注いでいく。

わざと煽ってんのかとも最初の頃は思っていたが、これ、完全に素で言ってんだよなぁ。

声とかにもまったく悪意や皮肉の色がないし。

（だから全然出世できなかったんだろうなぁ）

しみじみと得心がいったわたしである。

太田牛一は信長にかなり初期から仕え、その後、秀吉にもその有能さを買われ事務仕事を任されていたことが記録に多数残っているにもかかわらず、大名にすらなっていない。

実際、部下にして仕事ぶりを見ても優秀で、いったいなんで？　と疑問に思っていたが、まず間違いなく、この空気を読まずにズバズバと思ったことを言ってしまう人柄のせいだろう。

牛一の言ってることのほうが、正論は正論なんだけど、世の中、正論だけでは人は動かないと言うか、むしろ時に人をムカつかせるだけというか――

「ああもう、限界だ！」

成経が吐き捨て、キッとわたしのほうを睨む。

あっ……な～んか嫌な予感。

「こんな奴とは一緒にいられねえ！　姫さん、悪いけど俺は辞めさせてもらうわ。短い間だけど世話になったたな！」

やっぱりこういう展開になったたか。

佐々成経は、後の小豆坂七本槍にも数えられる優秀な武人である。

まだ戦の絶えないこの戦国の世、こんなことで手放すわけにはいかない、是が非でも引き留めておきたい人材と言える。

一方の太田牛一にしても、確かに空気読めないところはあるんだけど、真面目で勤勉、仕事も丁寧、ソロバンなどの算術にも興味津々でメキメキと上達しており、と今のうちの事情を考えたら、めちゃくちゃ必要な人材なんだよなぁ。

っていうか、新たに雇った子たち、まだ全然使えないので、すでに牛一がいないと領内統治が回らないまである。

あっちを立てればこっちが立たず。

こういう問題を処理するのも、上の人間の仕事とは言え……

はぁぁぁぁ、面倒なことになったなぁ。

「ほんっとどうしたものかなぁ」

「どうしたものですかのぅ」

夕餉《ゆうげ》のカニしゃぶを突っつきつつ、わたしはじぃとともに嘆息する。

あまりの美味しさに食べる時には無口になると言われるカニも、今はあまり喉を通らない。

言うまでもなく、昼間の佐々成経と太田牛一の喧嘩のせいである。

とりあえず、短気を起こすなと成経を説得はしたのだが、すっかりムキになっちゃって、「あの太田のクソ坊主とは反りが合わねえ！」の一点張りだ。

このままでは本当に出ていきかねない。

「それがしの躾《しつけ》がなっておらず、愚息がご心労をおかけして、真に申し訳ありません……」

じぃもすっかり困り果てた顔で平謝りである。

「じぃのせいじゃないわ」

わたしはふるふると首を横に振る。

これは慰めではなく、誓って本心である。

成経は粗野で言葉遣いも荒く喧嘩っぱやい一面は確かにあるのだが、誰彼構わず手を出すような無法者ではない。

今回のことだって、怒りの衝動に任せていきなり斬りかかるなんてことをせず、決闘という正々堂々とした形にこだわっていた。

しかも刀は抜かずあくまで素手での決闘に、だ。

悪ぶってはいるが、そういう一本筋の通ったところがあるのだ。

漫画に出てくるような、いわゆる古き良きヤンキーなのである。

実際、牛一以外とは一度もトラブルは起こしていない。

じぃの育て方が悪かったなんて、そんなことは絶対にない。

問題があるとすれば一つだけ――

「ただ、牛一と致命的なまでに相性が悪いのよ……」

はあっとわたしは深々と嘆息する。

豪快で細かいことを気にしない成経と、几帳面で小さな間違いも指摘せずにはいられない牛一とでは、まさに水と油である。

ちょっと絡めば、否応なしに衝突してしまう。イラっと来てしまう。

人間一人はそんな天敵がいるものだ。

それが身近にいるというのが、まさに不幸と言うしかなかった。

「左様でございますな。しかし、このままではいきますまい？」

「そうねぇ」

少々性格に難のある尖った二人だが、どちらもかなり有能なのだ。

我が織田下河原家には絶対に必要な人材と言える。

面倒くさいけど、どうにかしないとなぁ。

「失礼いたします。姫様、太田牛一が参っております」

不意に足音とともにゆきが現れて、障子の外から言う。

「そう、通して」

じぃと目配せし、彼が頷くのを確認してからわたしは了承する。

仕事が終わり次第、牛一にはわたしの部屋まで顔を出すよう指示しておいたのだ。

「太田牛一、まかりこしました」

「うん、疲れてるところ悪いわね。座って」

現れた牛一に、わたしの対面を指し示す。

彼があぐらをかくのを確認してから、

「さて、なんでここに呼ばれたのかはわかっているわよね？」

「昼間の成経殿との一件でしょう？　書簡に明らかな間違いがあったので、やり直しを要求しただけです」

背筋をピンと伸ばしたまま、しれっとした声で牛一は答える。

自らにやましいことは何一つないとその顔にはありありと書かれていた。

「確かにぬしの言い分はその通りではあるが、武士には体面というものがある。多少なりともそれを慮ってやることも必要じゃぞ？」

じぃが苦笑とともに諭そうとするも、

「お言葉ですが、言葉を濁しなあなあにして、そこに何の得があるのでしょうか？　そういうことをしても相手はまったく反省せず、同じ過ちを繰り返すだけです。相手の為にもならんでしょう？」

牛一は理路整然と反論してくる。

まあ実際、牛一の言う通りではある。

人間、優しく言われてる内は、行動を改めるって難しいんだよなぁ。

本気で「怖い」「痛い」「いやだ」って思ってやっと、その重い腰を上げることができるものだ。

「それはその通りではあるが、世の中には長幼の序というものがある。上から言われたのならばともかく、下から指摘されてもそう素直に頷けんものよ」

「それは器が小さいだけでしょう」

うわぁ、ズバッと切り捨てるなぁ。

これにはじぃもさすがにその笑みを引き攣らせるしかなかった。

「確かにそうかもしれんが、世の中そんな器の大きな人間ばかりではなかろう。おぬしはもう少し世の中というものを知り、処世術というものを身に付けるべきじゃな」

「そんなもの拙者には必要ありません」

「なに？」

「耳心地の良いおべんちゃらを騙る佞臣《ねいしん》などまっぴらごめんです。主君が相手であろうと、正しいことは正しい、間違っていることは間違っている、そう言える者こそ真の忠臣であると拙者は思います」

「むぅぅぅ」

眉間にしわを寄せ、なんとも難しい顔で唸るじぃ。

牛一の言っていることは、実に正論だ。同時に若いとも思うけど。

海千山千のじぃには、世の中そんな理想通りにはいかないと言うのが見えているのだろう。

だが、なまじ牛一の言葉は正論なだけに、そして見るからに筋金入りの頑固者っぽいだけに、どう諭せばいいのかわからないのだ。

……ん？　待てよ。頑固、か。

これは奇貨《きか》居《お》くべし、かもしれない。

「その考え、ずっと貫き通すつもり？」

とりあえず探りを入れてみる。

「はい、男に二言はございません」

「そう。でも、耳障りな言葉ばかり言う人間は、嫌われるわよ？」

「それで嫌われるようなら、拙者のほうから付き合うのは願い下げです」

「今日のように、喧嘩も絶えないでしょうね？」

「仕方がありません。誰かが言わねば、仕事が回りませんから」

「誰かの恨みを買って、嫌がらせを受けるようになるかもしれない」

「多少のことは無視します。目に余るものは、姫様に事の詳細を報告し裁いて頂きます」

「そんなことばっかしてたら、わたしの虎の威を借る狐と言われるわよ？」

「かまいませぬ」

間髪を入れずにきっぱりと言い切っていく。

わずかの迷いさえない。

「……何がそこまで、貴方を掻き立てるの？」

さすがに聞かずにはいられなかった。

この覚悟には、並々ならぬものがある。

何か相応の理由がある、そんな気がしたのだ。

「……拙者の生まれ育った安食村は、食うに困るほどに貧しいところでした。そして昨年の飢饉で、妹は亡くなりました」

言うべきか言わざるべきか、少し葛藤するような間の後、牛一は淡々と語り始める。

なんともヘビーな話である。

だが別にこの時代では、決しておかしなことではない。

どこにでもよくあること、だった。

「領主が私腹を肥やすことにばかり執心せず、その半分でも民の為に使ってくれれば、妹は死なずに済んだやもしれません」

牛一は、膝の上に乗せた拳をグッと固く握り締める。

そのあまりの力に、拳にはありありと血管が浮き出ていた。

やるせない憤りのほどが、ひしひしと伝わってきた。

「寺で中国の史書を読みふけりましたが、国が傾く時は、いずれも皇帝や高官たちが民の暮らしに興味を持たず、私欲に溺《おぼ》れ、政治を疎《おろそ》かにしたのが原因でした」

「そうね。その通りだと思うわ」

歴史は繰り返す。

強大な外敵に滅ぼされるなんてケースもあるにはあるが、基本的には稀で、古今東西、国が滅ぶのは、内部が腐敗して国が乱れてというのが大半である。

二一世紀の日本もまさにそうやって、世界第二位の経済大国から、失われた三〇年に突入していったのだ。

「しかし、政治に腐敗はつきもの。ゆえに民の安寧の為には、大勢に流されず、しっかり物申す者が必要なのです」

強い意志の宿った瞳で、牛一は言い切る。

なるほど、そういう過去があったのなら納得だった。

彼の言っていることも、至極もっともと言える。

わたしが目指すのは、クリーンでホワイトな職場で、ブラックな環境にするつもりはさらさらないが、さりとてなあなあとだらだらが横行し、するべきこともしない職場など論外だ。

締めるべきところはちゃんと締めねば、わたしたちも、民も、どちらも貧しくなり、先細りするだけである。

そういう意味では、牛一はまさに適任と言えた。

「わかったわ、そこまでの覚悟があるのなら、その道を貫きなさい。わたし相手でも遠慮しなくていい。間違ってると思うのなら、ガンガン遠慮せず言えばいいわ」

「ありがとうございます。それが口だけにならぬことを切に願っております」

「なっ!?　貴様さすがにそれは無礼であろう！」

主君を主君とも思わぬ牛一の生意気な口ぶりに、今度こそじぃの眉が一気に吊り上がり、怒声を発する。

「申し訳ありません。思ったことを口にせずにはいられぬ性分でして」

それでも牛一は、涼しい顔でうそぶく。

肝に毛が生えているとはこのことを言うのだろう。

さすがは織田信長が存命の頃から、信長に都合の悪いことも書簡に書き記していた硬骨の士と言ったところか。

あるいはわたしのことを試しているのかも。

実際、口では器の大きなことを言っても、いざとなると手のひら返す奴いるしね。

「ガキがっ！　実のある諫言《かんげん》ならいざしらず、なんでも思ったままに口にすれば良いと言うものでは……」

「いいのです、じぃ」

まだ怒りの収まらないじぃを、わたしはすっと割り込むように手で制す。

「し、しかし姫様……」

「わたしがいいと言ったのです。好きなだけ諫言しろ、と。それに、無礼さでは成経もいい勝負ですしね」

「……それを言われては、何も言えませぬな」

はあっと溜息をつき、じぃは一旦溜飲を下げ引き下がってくれた。

まあ、あまり納得はしてないようだけど、そこは大人である。わたしを立てて呑み込んでくれたらしい。

わたしは改めて牛一の方に向き直り、

「口だけかどうかは、時が経てばわかることです。お互いに、ね」

仕返しとばかりに、わたしも挑発する。

下がちょっと跳ね返って無礼を働くのを大目に見るだけのわたしに対して、彼の進む道はまさに茨の道である。

果たして貫き通せるのか？

そう煽り返してやったのだが、

「死ぬまで貫き通してみせますよ」

百点満点の答えが返ってくる。

豊臣秀吉にとっての石田三成のように。

徳川家康にとっての本多正信、井伊直政のように。

組織にはこういう頑固な硬骨漢が、必要不可欠なのだ。

周りから疎まれても、弾かれても、正しいと思ったことを愚直に言い続けられる人間が。

そんな人間が一人いるだけで、組織というものはぴしっと引き締まるものだ。

彼はどうやら、想像以上の掘り出し物だったのかもしれない。

ちなみに、成経との喧嘩であるが……

むしゃくしゃした成経はうっぷん晴らしに賭場に乗り込み、そこで大勝ちしたらすっかり怒っていたこと自体忘れてしまっていた。

熱するのも早いけど冷めるのも早いと言うか、その場のノリだけで生きてると言うか。

まあ、感性派の人間ってのは往々にしてそういうものである。

とりあえずはめでたしめでたし？

間話 ✲ 天文十一年一月下旬『孤高の男』太田牛一視点

太田牛一が作業の途中、ふと尿意を催し厠《かわや》へと向かった時のことである。

「なあ、成経殿、あんたも牛一にイラついてましたよね？」

不意に曲がり角の先からそんな声が聞こえてきて、思わず足を止める。

「あん？　まあ、そういうこともあったな。それがどうしたよ？」

「我々もあいつにはイラついてんですよ」

「へえ？」

「確かに言ってることは正しいかもしれねえけど、言い方ってもんがあるでしょうが、言い方ってもんが」

「ほんとだよ。あいつは人の気持ちってものがわからねえんですよ」

「少し仕事ができるからってえっらそうによぉ」

口々に不満をぶちまける。

声からすると、成経の他にどうやら三人いるらしい。

「ふっ」

思わず牛一の口から自嘲の笑みがこぼれる。

つやが新領地を賜って雇った足軽組頭は牛一を含め計六名。つまり、現時点で一人を残して全員が自分に強い不満を抱いていることになる。

この調子ならその残る一人もそうなる可能性は高い。

とはいえ、はなから覚悟していたことではあるので今さら傷つくなどということはない。

(まあ、いつものことだ)

そんな達観すらあった。

どうにも自分は、空気というものが読めない。言葉がきつい。

おそらくはそのせいだろう。

どこにいっても牛一は敬遠されがちだった。

生まれ育った安食村でも、親の伝手で仕えた武家でも、成願寺でも、だ。

だが、そのことに牛一は反省も後悔も一切ない。当然直す気もない。

自分が間違っているとは、到底思えないからだ。

安食村の名主は、牛一の諫言を聞かず、自らの財を蓄えることに夢中になり飢饉で民を大勢飢え死にさせ、結果、田畑が荒れ税がほとんど取れなくなった。

村の者たちも、牛一の味方をせず、結果、飢えて死ぬか、家族に死なれた。

仕えた武家の主君も、牛一の忠告を聞かず、杜撰な仕事で信秀の怒りを買い、領地を取り上げられ今は家族もろとも流浪の身だ。

成願寺でも、真面目に読経をしているのは自分ぐらいだった。

あの調子ではおそらく、他の者たちは僧として大成することはないだろう。

（屋根の上で踊っているのを注意したら、なじられるようなものだ。わけがわからん）

屋根の上で踊ってなどいたら、何かの拍子に滑り落ちて怪我をする可能性は高い。

子どもでもわかる簡単な理屈だ。

そのはずなのだが、どうにも世の中にはその程度のことがわからぬ者がとにかく多い。

「それで、ですね。皆であいつを辞めさせてくれないかって成宗様や姫様に嘆願しようかって思ってんですよ」

「それに成経殿も加わってもらえればな、と」

「そうすれば四人、もう一人にも声をかけて全員の嘆願となれば、お二人も無下にはできないかと」

そう、このように牛一の善意の注意に怒りだし、恨みを抱き、村八分にしようとしてくる始末だ。

つくづく度し難《がた》い。

柔らかく言っても話をろくに聞かず動こうとしない。

強く注意すれば、渋々動くが恨みを抱く。

ならば後者のほうがまだマシ。

それが牛一の出した結論だった。

（だが、ここともおさらばかもな）

自分が間違っているとは露も思わないが、世間とはそういうものだということは理解している。

成経もあれだけ自分と言い争ったのだ。

きっと彼らに賛同するだろう。

「くっだんねえ！」

そう思っていたのだが、成経の口から吐き捨てられたのは、牛一にとってまったくの予想外のものだった。

「ったく、男が三人も集まってなに女みてえなことといってんだ！　んなくだらねえことに俺を付き合わすな！」

なんとも苛立たしげな声だった。

心底から関わり合いになりたくない。

そんな心の声が聞こえてきそうだった。

「し、しかし、成経殿も牛一には迷惑しておられるのでしょう!?」

なおも一人が食い下がるも、

「あぁん？　まあ、確かに俺ぁ、あいつのことが気に食わねえ」

「でしょう!?」

「だが、それはあくまで俺とあいつの問題だ。姫さんや親父の力を借りるなんて、ンなだせえことする気はねえ。ケリつけるならサシでやらぁ！」

「「「…………」」」

ここまで言われては、押し黙るしかないようだった。

彼らもどこかわかってはいるのだろう。

自分たちが卑怯なふるまいをしているということを。

「気分わりぃ。帰るぜ」

その言葉と同時に、こちらに近づいてくる気配がした。

顔を合わせるのは少々、バツが悪い。

隠れるか？　一瞬、そういう考えも過《よぎ》ったが、自らに恥じ入るところはない。

その場で迎え撃つ。

「よう、盗み聞き野郎」

目を合わすや、成経は特に驚いた風もなく、にやっと口の端を歪めてからかってくる。

気配で牛一の存在を察していたらしい。

伝え聞いてはいるが、実に獣じみた嗅覚である。

「盗み聞きではありません。厠に用を足しにきたらたまたま耳にしただけです」

「そーかい」

嘆息とともに牛一が返すと、どうでもよさげな声が返ってくる。

実際、心底興味がないのだろう。

一方、厠のほうから複数人が足早に走り去る気配がした。

先程の三人組だろう。成経の言葉で牛一の存在に気づいてバツが悪くなって逃げだしたといったところか。

「けっ、臆病者どもが」

舌打ちとともに吐き捨て、成経はスタスタ歩き出し、牛一の横を通り抜けていく。

牛一も特に彼に聞くべきこともない。

当初の予定通り厠へと歩き出すと、

「ああ、一つだけ言っておく」

思い出したように、成経が背中越しに声をかけてくる。

「なんです？」

「てめえを助けたわけじゃねえ。てめえも気に食わねえが、あいつらのほうがもっと気に食わなかった。それだけだ」

「わかってますよ」

「なら、いい」

今度こそ興味ないとばかりに、成経は立ち去っていく。

その後ろ姿を見送りつつ、牛一は思う。

（自分は少しだけ、彼のことを誤解していたかもしれないな）

腕っぷしだけの粗暴な馬鹿、と思っていた。

その評価自体はあまり変わらないが、つやが言うように、一本、しっかりとした芯が通っている。

今後もおそらく相容《あいい》れることはないし、今回のことで指摘や注意に手心を加えるつもりもない。

だが、こういう愛すべき馬鹿が、牛一は嫌いではなかった。


それからまた数日たったある日のことである。

牛一が領内統治の具申案をまとめたものを提出しようとつやの部屋を訪れると、

「太田牛一殿を辞めさせてください！」

「あやつは人の気持ちというものがわからないんです！」

「ええ、そんなやつとはやっていけません！」

どうやら先客がすでにいたらしく、荒々しい声が轟いてくる。

声からして、先日の三人組か。

またこんな場に居合わすとは、とことん自分は間が悪いというしかない。

「良薬口に苦しって言うでしょ。もう少し我慢してみたら？　きっと貴方たちにとっても得るものがあると思うけれど」

つやがやんわりとなだめようとするが、

「我慢ならすでにもう十分し尽くしました！」

「ここまで恥をかかされて黙っていては、武家の名折れ！」

「あやつを辞めさせないというのであれば、我々はここをお暇させて頂く所存です！」

三人はすでに聞き入れるつもりはないらしく、自らの進退までかけて牛一の放逐を主張する。

よほど自分が疎ましくて仕方ないらしい。

「そう、そこまでなの……。どうやらわたしの目は節穴だったみたいね」

ふうっとつやの嘆息が聞こえてくる。

「おおっ、わかっていただけましたか！」

「そうなんです。姫様の前ではいい子ぶってるだけで、あいつは酷い奴なんです！」

「ええ、あんな奴はさっさと放り出したほうが姫様の為です」

三人組が快哉《かいさい》の声とともに、勝ち誇ったようにぼろくそに言い始める。

ギュッと締めつけられるような感覚が、牛一の胸を襲った。

あの三人に何を言われたところで、牛一は毛ほどにも痛痒《つうよう》を感じない。

だが、この不思議な姫にだけは失望されたくなかったのだ。

彼女の語った領民たちとの関係は、牛一の想像の上を行っていた。

片方が片方を搾取する関係では長続きしない。両方が得する塩梅こそが長期的には一番双方に利益があるのだ、という考え方は、目から鱗が落ちた気分だった。

牛一はただただ税を減らすことしか考えていなかったというのに、だ。

彼女が岡部又右衛門に語って聞かせる道具の構想も拝聴させてもらったことがあるが、どれも素晴らしいもので、領民の生活を必ずや向上させるであろうものばかりである。

つやの描き出す未来の実現を、彼女のすぐ近くで見てみたい。

このたった二週間で、そういう強い想いが牛一の中に生まれていた。

まだ道半ばどころか、始まったばかりだというのに、その未来を創る手助けができなくなる。

アース・スターノベル10周年夏祭り
スペシャルステージ現地観覧応募券

創刊10周年を迎えたアース・スターノベル。

読者の皆様へ感謝をお伝えしたく『**アース・スターノベル10周年夏祭り**』を開催いたします。

【日程】2025年7月19日(土)　／【会場】ベルサール秋葉原1F　／【料金】来場無料

応募方法・注意事項

本応募券1枚につき1口としてご応募可能です。当選者はスペシャルステージを当日現地にてご観覧いただけます。

ご応募は、右下QRコードの応募フォームにキーワード・応募IDを入れてログインしてください。

ログイン後、必要情報をご入力いただき、**レシート(対象書籍の購入が分かる明細)**画像をアップロードしてください。

ご応募には **本応募券** と **レシート** の両方が必要です。6月中の当選案内メール受信まで必ずお手元にて保管ください。

応募方法・注意事項・イベントの詳細は、応募フォーム及び**アース・スターノベル10周年特設ページ**よりご確認ください。

スペシャルステージ 作品一覧

『戦国小町苦労譚』　『無自覚聖女は今日も無意識に力を垂れ流す』

『俺は全てを【パリイ】する』『無職の英雄』『野生のラスボスが現れた！』

『ヘルモード』『転生した大聖女は、聖女であることをひた隠す』 計7作品

応募締切

2025年5月31日(土) 23:59 まで

キーワード/応募ID

【キーワード】esn10th

XPM-ZBW-YED

それがただただ口惜しかった。

「ええ、十分わかったわ。あんたたち、クビ」

だが、つややから放たれた言葉は、これまた成経の時同様、牛一の予想に反するものであった。

「……え？」

思わず牛一の口から間の抜けた声が漏れるが、

「「……は!?　えええええええ!?」」

より驚いたのは、当然の事ながらクビを宣告された三人組のほうだった。

「ど、どうして!?」

「我ら三人より牛一を取るというのですか!?」

「あんな奴を残しても、家中《かちゅう》の不和を煽るだけですよ!?」

口々に三人組が疑問の言葉を口にする。

だが、つやはしれっとした声で、

「むしろあんたたちみたいなのがいるほうが、組織が腐ります」

いっそ気持ちいいぐらいにきっぱりと言い捨てる。

「「なっ!?」」

「貴方たちの言に従えば、確かに一時の和は保たれるかもしれません。けど、その先にあるのは緩慢なる衰亡です。それは結局、皆が不幸になるだけよ」

これには牛一も心から同感だった。

内部の空気読みや政敵の追い落としにばかり腐心するようになった国は、古今東西衰退すると相場が決まっている。

なぜなら、彼らの視線が民のほうを向いていないのだから。

うまくいくはずがないのである。

「だいたいね。あんたたち、その悪口、本人の前ではっきり言える？」

「えっ!?」

「そ、それは……」

「言えば十倍百倍になって返ってくるので……」

つやの問いに、三人組がしどろもどろになる。

そんな様子に、つやは再び嘆息し、

「それをせずに陰で徒党を組み、自らの怠慢を棚に上げ、楽をしたいがためだけに謹厳実直なる者の悪評を上に吹き込む。これ亡国の臣なり。恥を知りなさい！　恥を！」

「「「……っ!!」」」

つやの裂帛《れっぱく》の叱責に、ぐうの音も出ないらしく、三人組は黙り込む。

その迫力に、圧倒されたということもありそうだ。

おそらく、彼らはどこかつやのことを舐めていたのだろう。

所詮女だ。所詮八つの子供だ。なんとでも言いくるめられる、と。

だが、彼女は彼ら程度に御せるような玉ではなかった、ということだ。

なんとも言えない静寂が場を支配し、

「……とは言え、たった一度のことでクビにするほど、わたしも鬼ではありません」

ふっと先程までとは一転して、柔らかい声でつやがそんなことを言い出す。

「もし我が家にまだ仕える気があるのなら、今回はまだ許しましょう」

「「「あ、ありがとうございますっ!!」」」

三人組が、蜘蛛の糸にすがるかのように、食い気味に大声で礼を言う。

その声には安堵の色が濃い。

つやの下河原織田家は、他に比べて俸禄が格段に高い。

それを、姫様育ちゆえと舐めて調子に乗って今回のようなことになったのだろうが、いざ失うとなると途端に怖くなったといったところか。

それならこんなことを企てなければいいのにと牛一は思うのだが、人はそれだけ絶えず求め続ける欲深い生き物ということなのだろう。

「貴方たちはまだ若い。これからいかようにも変われます」

そう言うつやが家中では断トツで若いのだが、その言葉には不思議な説得力があった。

まるで何十年も生きてきたかのような、そんな妙な貫禄がある。

そんなはずはないのに、だ。

「為になる言葉というのは総じて耳に痛いものです。ですがそれを受け止めてこそ人は成長できます。忠告を真摯に受け止め、心身を磨きなさい。それができぬようなら……次はないかもしれませんよ？」

最後の一言には、底冷えするような寒さが宿っていた。

やるとなったら迷わず切る。そんな冷徹さを感じ取ったのだろう、

「「「はっ!!」」」

三人組の返事は、実にきびきびしたものであった。

外で聞いていた牛一は、感嘆に身体を打ち震わせていた。

厳しいだけでは人は付いてこない。牛一のように。

甘いだけでは舐められる。金払いがよく幼いつやが、そう誤解されていたように。

だがつやは断固とした厳しい姿勢を示すことで、彼らの勘違いを正してみせた。

その上で温情をかけることも忘れない。

（これが将たる者の器か！）

おそらくあの三人組たちは、これまでとは打って変わって勤勉に働くようになるだろう。

つやの怒りを買わないように。

そして、つやに感謝もするだろう。寛大に許してくれた、と。

心酔さえするかもしれない。

叱責の時のいつもと違う凛《りん》とした声には、思わずその言葉に従いたくなるような、王たる風格と威厳が漂っていた。

この硬軟織り交ぜるメリハリの妙は、自分には逆立ちしても真似できそうにない。

驚くべきはそれをやってのけたのが八歳の少女だということである。

自分や成経といった生粋の偏屈者を受け入れる度量の広さもある。

今でこれなら、この先いったいどれほどの傑物へと成長するのか!?

(もしかすると、この方は千年先にも名を残す英傑かもしれない)

誇張抜きで、そう感じた。

彼女がもたらす未来の光景を見てみたい。

この方の手足としてその一助をしたい。

冷静沈着を旨とする牛一であるが、今だけは胸にふつふつと熱いものがこみあげてくる。

(我、終生の主君を得たり!)

これほど仕え甲斐のある主君が他にいるであろうか。

いやいない。日本中どこを探してもいるわけがない!

自分はこの方に仕えるために、支えるためにこの世に生を享《う》けたのだ。

そういう確信さえあった。

一生、この気持ちを彼女に伝えるつもりはない。

それはなあなあの関係となり、彼の望むところではないからだ。

だが今この瞬間、牛一は心からつやの忠臣となったのである。

やがて彼がつやの股肱《ここう》の臣として、『下河原織田家に太田牛一あり』とその名を轟かせるようになるのは、もうしばらく先の話である。

第五話 ✲ 天文十一年二月上旬『女孔明の片鱗』

「随分とあったかくなってきたわねぇ」

縁側で日光浴しつつ、わたしはしみじみとつぶやく。

正月に新領地を賜ってからはや一ヶ月が経とうとしていた。

ちなみに旧暦（太陰暦）の正月は、二一世紀の新暦（太陽暦）では、年によって変わるのだが、一月下旬から二月中旬になる。

だからそこから一ヶ月となると、新暦ではもう三月ぐらいであり、旧暦では二月でもけっこう春の気配を感じるのだ。

「まったくですなぁ。冬の寒さは老骨にはこたえるので有難いことですわい」

居間のほうでは、じぃがずずずっとお茶をすすりながらうんうんと頷く。

二一世紀でも寒いと脳卒中とか心筋梗塞で亡くなる老人は多いからなぁ。

新領地運営で無理もさせていたし、とりあえず無事、冬を越してくれそうでなによりである。

「そういえば、ここ数日は随分早く執務が終わるようになりましたね」

空になった湯呑みに茶を再び注ぎつつ、はるが言う。

「まあ、若いもんもようやく使えるようになってきたからのぅ」

「じぃの指導の賜物ね」

「ふふっ、それほどでもありますわい」

その豊かな顎ひげを撫でつつ、じぃは茶目っ気たっぷりに笑う。

冗談っぽく言っているが、割とガチ目に彼は優秀な指導者だった。

息子三人とも、それぞれ名を残す武将に育て上げた手腕は伊達ではない。

知識というものは、頭だけで理解しても、実践ではうまくいかないものだ。

しかし、じぃは、

『この馬鹿者が！　……と言いたくなる気持ちはわかるが、逆にムカッとなって、注意を聞く気が失せるじゃろう？』

『一ヶ月の指導料として給金の半分を頂くぞ……な～んて言われたら納得できんじゃろう？　民も同じじゃよ』

『ありがとう。最近仕事が早くなってきたではないか。頑張っとるのう。……どうじゃ、嬉しかろう？　感謝や褒め言葉というものは心地好いものじゃ。相手と円満な関係を築くのには大事なことじゃぞ』

などといったように、相手の感情をうまく引き出してから、だからこうしたほうがいいのだと教える。

これが抜群に効果があるのだ。

相手の身になって考える、というのは簡単なようで難しいことである。

それを疑似的に自ら体験した直後に教えられるから、ストンと腑《ふ》に落ちるのだ。

人心掌握術として、とても参考になる。

傅役を任されたのが彼で、本当に助かったわ。

「まあ、冗談はさておき、姫様のおかげも大きいですな」

「わたし？　何かしたっけ？」

「ええ、先日、あやつらを叱りつけたでしょう？　緩んでいた気持ちが吹き飛び、仕事に身が入るようになりました」

「へえええ。そりゃよかったわ」

「それがしもそばで見ておりましたが、あの迫力には圧倒されました。まるで今巴御前《ともえごぜん》でしたぞ」

「フフッ、ありがとう。お世辞でもうれしいわ」

「いえ、お世辞ではありませぬぞ。割と本気で背筋が寒くなりましたわい」

「またまた～」

じぃも冗談がうまい。

巴御前は、木曽義仲の妻で、日本で女武者と言えば、いの一番に上がる名前だ。

それに伍するとはお世辞としてもさすがに言いすぎだと思う。

まあ、でも頑張った甲斐はあったかな。

一発ガツンとかまさないと、とは思っていたので、それなりに効果があったのならなによりである。

やっぱり上に立つ者として、締めるべきところはきっちり締めないとね。

「後は……そうですな、牛一のおかげもありますな」

「へえ？」

わたしは思わず目を丸くする。

仕官当初は、牛一の無礼な物言いにけっこう声を荒らげていた印象だっただけに、そんな風に評価するなんてちょっと意外だったのだ。

「あやつにちくちく正論で注意されたくないのか、皆、先回り先回りで仕事するようになりましたわい」

「まあ、そりゃあ、ねぇ」

ニッと悪戯っぽく口の端を吊り上げるじぃに、わたしも思わず苦笑いをこぼす。

ちらっとわたしも通りかかった時に耳にはしたが、牛一の言うことってだいたい正論で、人の痛いところをきっちり突いてくるからなぁ。

しかもである。

『できない？　単にやる気がないだけでしょう？　前にも言いましたがね』

『前にも言いましたが言い訳はいりません。とにかくすぐに取りかかってください』

『間違いだらけですね。確認したんですか？　ちゃんと見直ししてくださいと前にも言ったはずですが？』

ってな感じで、事あるごとに「前にも言いましたよね」と付けるのだ。

言葉も歯に衣着せないし、そのうえ、何度も指摘したぞ？　ってのはプライドも傷つくしそりゃ嫌だよなぁ。

まあ、でもだからこそ、言われないように皆も指摘されたことは繰り返さないよう注意する。

優しくやんわりと注意してほしいのが人情だけど、人ってやっぱそれだと行動を改める気にはなかなかなれないのよねぇ。

「んー、わたしとしては皆がきちっと仕事してくれて助かるんだけど、牛一は大丈夫なの？」

「まあ、皆から敬遠されてはおりますな」

「その辺は先の陳情で知ってるし、本人も覚悟の上なんでしょうけど、問題はこれよ」

言って、わたしは自分の胸を手刀で斜めにズバッと斬ってみせる。

すなわち、刃傷沙汰である。

ここは平和な二一世紀ではなく、気性の荒い戦国時代である。

恥をかかされた！　ってだけで殺害に及ぶようなことは、日常茶飯事なのだ。

「まあ、それも大丈夫じゃと思いますぞ」

あっけらかんとじぃは言う。

本当にあまり心配してなさそうである。

「そう思う根拠は？」

「最近は長近《ながちか》が間をうまく取り持っておりますゆえ」

「長近が？」

わたしは少し驚きに目を見開く。

長近とは、先日、わたしが触れを回して雇った家来、金森長近のことだ。

史実においては最終的に五万石強の大名にまで出世する人である。

二一世紀の人からしたら、ン十万石クラスの大名が日本にはゴロゴロいるじゃないかと思うかもしれないが、五万石だって現代に換算したら年商三〇億円である。

その社長にまで登り詰めたと考えれば相当なものだ。

応募に仕官してきた時には「ＳＲ武将来たー！」とテンション上がったものだった。

「穏和で人の話をよく聞ける男でしてな。間に立って、角を立たせず、お互いに納得できる落としどころに話をまとめるのが滅法《めっぽう》上手い」

「へえええええ」

わたしは感嘆の声をあげる。

長近は仕官してくれた家来たちの中では未来の石高的に一番の有望株だったんだけど、正直、仕事ぶりは他の者よりちょっといい程度。

あれ、この程度？　と正直、期待外れもいいところだったのだが、やはり五万石クラスの男はそれだけのものをちゃんと持っていたらしい。

「いわゆる調整役ってやつね」

「然《しか》り」

わたしの評にじぃも頷く。

組織においては、いわゆる潤滑油のような存在である。

徳川家康が『気相《けそう》の人』、すなわち空気みたいな人だと言って高く評価していたというのはそういうことだったのか。

なるほどなぁ。

地味であまり派手な活躍はしないが、組織に必ず一人は欲しい人材だった。

いるといないのとでは組織内のチームワークや雰囲気に雲泥の差が出る。

じぃも下への接し方からそういう感じがするが、やはり年が離れすぎている。

同年代にもそういう人間がいてくれるのは、安心だった。

「つまり、今の我が家臣団は盤石ってことね！」

副社長に経験豊かで人望もあるじぃ。

政務部門にやり手の牛一係長、戦闘部門にイケイケの成経係長。

そしてムードメーカーの長近係長。

実に鉄壁の布陣である。

え？　わたし？　わたしは……

「こうも皆が優秀だと、わたしはちょろっと決裁の花押書くぐらいでいいから、気楽なもんだわ」

言いつつ、わたしはゴロンとその場に横になる。

上の人間がするべきことは、決断と、それに対して責任を取ることである。

すなわち、いざと言う時にしっかりとした判断ができるよう、普段は英気を養うのが仕事なのだっ！

「あら、いけませんよ、姫様。横になったら寝てしまうじゃありませんか」

「わたしが寝るんじゃないの。お天道様がわたしを眠らせてくるのよ」

「もう、夜眠れなくなっても知りませんよ？」

「大丈夫、わたしは一日の半分寝れる女だから」

「何言ってるんですか。ほらしゃきっとしてくださいませ。まだお天道様が見てる前でそんなゴロゴロしていたんじゃ家来の皆に示しがつかないでしょう？」

「つくつく。わたしがのんびりまったりしてたら、みんなだって休んでいいんだって思うでしょ」

二一世紀でも、上が定時過ぎても帰らずに仕事していると、下は仕事が終わっていてもなんとなく帰りづらいものだった。

でも、ちゃんとした休養を取ったほうが仕事の能率が上がることは、様々な統計から明らかになっている。

ゆえに働くべき時はしっかり働く。その分、英気を養う時間もしっかりとる。

うちが目指すのはそんなクリーンでホワイトで効率的な職場なのだ。

そう、そして、わたしが今ぐうたらしているのは、下にも休んでいいんだと伝えるためあえてしているのだ！（ここ重要！）

といった内容を、わたしはかつてないほどの熱弁で言葉巧みに語ってみせたのだが、

「最近の姫様はいくらなんでもサボりすぎです。休養も大事ですが、皆が姫様を真似てサボり出したら本末転倒です！」

といった言葉でけんもほろろに一蹴されてしまう。

根が生真面目なゆきには、わたしのこの皆を想う切なる願いは伝わらなかったらしい。

だが、この程度で怯むわたしではない。

ニコッと微笑んで返す。

「ならないならない♪　牛一も目を光らせてるし」

「そんなわけないでしょう！　姫様がそんなでは牛一殿が叱っても効果がなくなります！　ただでさえ孤立しがちなのに、それではいくらなんでもかわいそうでしょう!?」

「むぅぅ」

そう言われると、言葉に詰まる。

くそう、わたしを口で言い負かすとは、やるな、ゆき！

まあでも、なんだかんだ姫という身分にあるわたしを、こうしてきっちり叱って注意してくれる人材は有難くはあるんだよなぁ。

まったく人から注意されなくなるってのも、すごく怖いしね。増長しそうで。

「そこまでお暇になってきたのならば丁度いいですね。領地を賜ってから色々とお忙しく、行儀作法の指南がおろそかになっておりました。そろそろ再開すると致しましょう」

「うげえええ」

わたしは姫にあるまじき声で不満を表明する。

「なんて声を出してるのですか。やはり指南が必要ですね。さ、参りましょう」

「いやいや、いいっていいって。もうちゃんと行儀作法は身に付けているから」

うん、前々世で散々仕込まれたし。

今さらまたやる必要なんてない、ない。

「今の声や、前も指南役の前で居眠りした身で何を仰ってるんですか」

「それは……あまりにも退屈で……」

そもそも前に習って知ってる内容だし。

そりゃ眠くもなるって。

「まさにそういうところです。今はまだ八つですから大目に見てもらえますが、恥をかくのは姫様なのですよ？　行儀がなってないというだけで、露骨に馬鹿にしたり見下してくる輩だっているんです。そうならないためにも……」

「見下させておけばいいじゃん、そんな奴ら。こっちからお断りよ」

どうせそんな実を見抜けない上っ面だけの連中なんて、後で結果で鼻を明かしてやれるんだし。

そんないちいちマナーとか空気を気にして中身のない会話に終始するより、腹を割って話すほうが気楽だし有意義だと思うんだよなぁ。

下手にからんで、足の引っ張り合い、愚痴の言い合いに巻き込まれるのもごめんだしね。

「またそんなことを……」

「姫様！　姫様はおられますか!?」

ゆきの言葉を遮るように、ドタドタと荒い足音とともに牛一の声が遠くから響いてくる。

ナイスタイミング！

声の調子からして何かトラブルでもあったらしいけど、今ならどんなトラブルでもウェルカムですよ。

「いますよ、いつものところに！　ふふっ、今日も行儀作法はお預けのようね？」

「もうっ、今度絶対やりますからね」

むぅっとゆきが唇を尖らせる。

彼女も、牛一の用件のほうが重要とわかっているのだ。

「姫様、古渡城より急使が参っております。大至急、登城せよとのことですぞ！」

「……へ？」

思わず間の抜けた声が漏れる。

てっきりいつものように、領内のトラブルだと思っていたのだけれど。

しかし大至急、か。

まあ、なんとなく予想はつく。

おそらくはアレが起こったのだろう。

だとするならば……

これから一波乱も二波乱もありそうだった。

「失礼します」

その部屋は、異様な雰囲気に包まれていた。

空気が、重い。

気の弱い者ならば、入った瞬間に腰を抜かしているかもしれない。

わたしとて、前々世で岩村城の女城主なんてやってなかったら、「ひっ！」と悲鳴の一つぐらいはあげていただろう。

ジロリと無数のむくつけき男たちの無遠慮な視線が、わたしに集まっていた。

どなたも、何度か顔を合わせたことがある御仁である。

織田弾正忠家当主織田信秀。

信秀兄さまの弟で、つまりわたしの腹違いの兄でもある、犬山城主織田信康《のぶやす》。

同じく信秀兄さまの弟で、わたしの腹違いの兄、守山城主織田信光《のぶみつ》。

織田家筆頭家老、林秀貞。

同次席家老、平手政秀。

三番家老、青山信昌《あおやまのぶまさ》。

四番家老、内藤勝介《ないとうしょうすけ》。

佐久間一門の惣領《そうりょう》にして御器所《ごきそ》城主、佐久間盛重《さくまもりしげ》。

と、まさに織田弾正忠家の屋台骨ともいうべき重鎮たちが揃い踏みしていた。

こんなところに呼び出して、信秀兄さまはいったいどういうつもりなんだろう。

思いっきり場違いな気がするんですけど。

実際、なぜここにわたしが来る？　と訝しげに眉をひそめている人も少なくなかった。

「おお、来たか、つや。こっちへこい」

上座に座る信秀兄さまが、自分の隣をバンバンと叩く。

えええ……そこに行けって言うの？　いやだなぁ。

思いっきりみんなの視線が集中する場所じゃないか。

わたしは一番の末席で空気と化していたいんですけど。切実に。

とは言えそういうわけにもいかず、

「……はい」

わたしは覚悟を決めて返事をし、所定の場所に正座する。

まったくいったい何事だろう。

まあ薄々、あれだろうって見当は付いているんだけどね。

「よし、これで皆集まったな。先程、美濃国主である土岐頼芸殿がこの城に落ち延びてこられた。斎藤道三の下剋上にあって、な」

ああ、やっぱり。

わたしがこの場に大至急呼び出される理由なんて、それしかなかったし。

ただ、冷静に受け止められたのはわたしぐらいだったようで、

「なっ!?　土岐殿が!?」

「なんと……逆賊が勝つとは、これも乱世の定めか」

「美濃がそんなことになっておったとは……」

「正直、言葉がでませぬ」

皆一様に驚きを露わにしていた。

二一世紀感覚で言えば、お隣の国で軍事クーデターが起きて、トップがすげ代わりました、だからね。

そりゃまあ、確かに驚くよね。

「うむ、皆が驚くのも無理はない。だが、もっと驚くべきことがある。わしはこのことを昨年の秋ごろに耳にした。ここにおるつやの神託で、な」

言って信秀兄さまがわたしの頭に手を置くと、一同からさらにどよめきの声があがる。

だがそれは、眉間にしわを寄せていぶかしがる感じである。

まあ、普通は信じられないわなぁ。

「貴様らの言いたいことはわかる。たいていの神託など所詮、当たるも八卦当たらぬも八卦じゃからな！」

信秀兄さまが言いにくいことをあっさり喝破《かっぱ》する。

家臣たちの顔になんとも言えない苦笑いが浮かぶ。

まだ神や迷信が身近なこの時代だから、それも当然か。

この神仏に唾を吐くこともいとわない辺りは、やはりあの信長の父親だと思う。

「だが、つやの神託は違う。おぬしらも聞いたことはないか？　パンケーキなる食べ物を、チーズなる兵糧食を、そしてプリンという至高の甘露を！」

「おお、どれも今、領内で話題の品々ですな。って、まさか!?」

「うむ、そのまさかじゃ。全てつやが素戔嗚より神託を得て作ったものじゃ」

信秀兄さまが、ニヤリと口の端を吊り上げる。

再び家臣たちの顔に驚愕が浮かぶ。

「な、なんと……っ!?」

「あれらを皆、おつや様が!?」

「ふふっ、驚くのはまだ早いぞ。秀貞！」

「はっ！」

名前を呼ばれ、青年がずずいっと列より前に進み出る。

三〇前でありながら、筆頭家老を務める林秀貞殿である。

「つやより託されたソロバンや聖牛の調子はどうじゃ？」

「どちらも素晴らしい代物にござります。ソロバンの導入により政務の捗り方が数段跳ね上がりました。聖牛も扱いが難しいですが、上手く使えば間違いなく洪水の被害を減らしてくれるはずです」

二〇代で筆頭家老にまで上り詰めた切れ者の言葉は重みが違う。その場にいた皆がごくりと喉を鳴らす。

信秀兄さまもうむと頷き、

「聞いての通りじゃ。つやの神託は他のまやかしめいたものとはわけが違う。極めて信の置けるものといえよう！」

力強く断言する。

あ～、うん、そうやってわたしの言葉を信頼してくれるようになったのは非常に嬉しいんだけどさ、こういう皆の前では照れるのでやめてほしい。

恥ずかしくて身の置き所がない。

わたしは裏でいろいろ画策するほうが好きなのだ。

元が陰キャなので、表で脚光を浴びるのは心底苦手なのである。

「で、だ。つやよ」

そこで信秀兄さまは声のトーンを落とし、わたしを真剣な目で見据え、

「神託には続きがあるのではないか？」

「っ!?」

わたしは思わず驚きに目を見開く。

そのわたしの顔で、すべてを察したのだろう、信秀兄さまはフッと自嘲気味に笑う。

「ただのカマかけではあったが、当たりのようじゃな。そして、あの時言わなんだのは、わしが負けるからか？」

「…………」

一瞬、わたしは答えに窮する。

さすがは一代で、一介の家臣の身から尾張を支配するまでになった人だ。鋭い。

「ふっ、これも当たりか」

「はい。その通りです」

下手に隠し立てしても、ろくなことにはならない。

負けるのがわかっている戦だ。

このままいけば、犠牲者も大勢でる。

耳に痛い諫言をすることで不興を買うとしても、自らの保身のために黙っているなどできなかった。

「ふむ、試しに言うてみよ。わしはどのようにして負ける？」

「信秀兄さまは、まず越前の朝倉と組み、土岐氏の守護復権を大義名分に美濃を攻めます」

二一世紀で学んだ歴史を思い出しつつ、わたしは言う。

信秀兄さまもうなずく。

「ほうっ！　やはり貴様の神託は怖いぐらい当たるのぅ。まさしくそれこそわしの腹案じゃった。で、その後どうなる？」

「最初のうちは大垣城を奪うなど、信秀兄さまが優勢に戦を進めます。が、斎藤道三はしぶとく戦線は膠着《こうちゃく》。やがて斎藤道三が美濃での地盤を固めるとともに勢いを盛り返し、最終的には信秀兄さまが大敗します。五〇〇〇の兵に、信康兄さま、青山殿も失う散々な結果でした」

「わ、わしが!?」「わたしがですか!?」

その場にいた信康兄さまと青山さんが、揃って声を上げる。

そりゃ当たるといわれた神託で、自分が死ぬといわれたら冷静ではいられないよね。

「それは……痛いのぅ」

信秀兄さまも苦虫を噛み潰したような顔になる。

信康兄さまは某ゲームには登場さえしていないが、史実では政治・軍事両面で活躍した、まさに信秀兄さまの片腕的な存在である。

青山さんもこれまた某ゲームには登場しないが、三番家老という重鎮。

まさに二人とも織田弾正忠家の支柱であり、他にも多くの名のある武将を失った斎藤家との戦は、織田家にとって本当に手痛いものだったのだ。

だがこれはまだ、織田家衰退の序曲に過ぎない。

「話はまだそこで終わりません」

「まだあるのか!?」

「はい。その敗北に乗じて、東の松平、今川が動きます」

「むっ！　十分にあり得る話じゃな」

「はい。敗戦の痛手が癒え切らぬ信秀兄さまは今川にも大敗。西三河での権勢の全てを失い、北では大垣城も奪われ、尾張での求心力も低下、いくつかの謀反もあり、まさに四面楚歌の苦境に追い込まれます」

「むぅぅぅぅ」

眉間にしわを寄せ、信秀兄さまはなんともいえない唸りをあげる。

その場にいた家臣たちもまた、絶句していた。

まだわたしが大人だったならば、推測の域を出ぬ！　と反論の声もあがっただろうが、数えで八つ、満で六つの幼児体形の娘に言える言葉では絶対にないからこそ、逆に神の言葉だという信ぴょう性があるのだろう。

重苦しい沈黙が、場を支配する。

「……素戔嗚からどうすればよいのかも聞いておるのか？」

やがてボソリと信秀兄さまが問うてくる。

少しわたしは考える。

それはまさしく歴史のイフだ。わたしの知る由もないことである。

「そこまでは。ただ……」

「ただ？」

「わたしが観た神託では、二つの強敵に挟まれた信秀兄さまは、斎藤との和議を決心され同盟を結んでおりました」

「ふむ」

「ここからはわたしの私見ではございますが、泥沼の戦いを演じた後でも同盟が結べたのです。なら今からでも結べるでしょうし、そのほうが失うものもなく、北を警戒する必要性も薄れ、東に注力できてお得かと考えます」

そう、これはあくまでわたしの私見ではあるが、けっこう的を射ている自信がある。

斎藤道三は、恐ろしい強敵だ。

信秀兄さまも間違いなく傑物ではあるのだが、あの道三が相手では一段劣ると言わざるを得ない。

一介の油売りの息子から美濃の大名にまで成りあがった男だ。

わたしの現代知識を駆使したとしても、やはり苦戦は免れまい。

だったら仲良くしたほうが得に決まってる。

斎藤家にしたところで、尾張、三河、伊勢、越前、近江、飛驒、信濃と四方どころか七つの国と国境を面している。

国内も国盗りしたばかりということで政情は不安定、隣国の信秀の後ろ盾と不戦の約定《やくじょう》は、喉から手が出るほど欲しいに違いない。

同盟が成る確率は極めて高いと見る。

ちなみに史実では、信長と道三の娘濃姫との婚姻をもって同盟が結ばれたが、そこはあえてぼかした。

あの婚姻は間違いなく信長の力になったと思うし、そこは出来れば削いでおきたいところだったので。

「ふぅむ……肥沃《ひよく》な美濃を諦めるのは惜しいが、二兎を追う者は一兎をも得ず、か。平手！」

「はっ！」

呼びつけられ進み出たのは、次席家老の平手政秀である。

「聞いておったな？　斎藤との交渉は貴様に任せる。同盟の話、まとめてみせい！」

「はっ！　かしこまりました。必ずやご期待に応えてみせましょう」

言い切るその顔には、自信がみなぎっている。

信長の傅役として有名な平手政秀であるが、本来は織田家の外務大臣のような存在である。

すでにあらかたの事情は把握し、勝算が見えているのだろう。

史実でも信長と濃姫の婚姻を取り付け織田家の危機を救ったのは彼だと言われている。

彼に任せておけば安心だった。

まあ出来れば、信長と濃姫の婚姻抜きで同盟結んでほしいけどね。

その辺は運に任せるしかないか。

まずはとにもかくにも、美濃攻略から始まる織田家衰退のきっかけを取り除くのが先決だった。

信長がいなくても桶狭間に、今川に勝てるようにしなければならない。

そうでなくては、信長を追い落としても織田家が滅亡してしまう。

それはわたしの望むところではなかった。

これはそのための布石と言える。

この一手が、歴史にどういう影響を及ぼしていくのか、神ならぬ身のわたしにはわからない。

ただ確実に言えることは――

歴史は今、その流れを大きく変えようとしている、ということだった。


「つや、貴様に残ってもらったのは他でもない」

会議も終わり、先程の部屋で二人っきりになったところで、信秀兄さまは口を開く。

残れと告げられた時、な~んか嫌な予感がしたのだが、断るわけにもいかない。

でも、けっこう疲れるんだよなぁ、信秀兄さまの相手って。

優秀な人でもあるから、なんか見透かされてるような気がするし、何聞かれるのかとか、ぼろが出ないかとか、すっごく緊張してしまうのよね。

「まだわしに言っておらぬ神託があるのではないか?」

ほらきた!

ほんと鋭いんだよなぁ、信秀兄さまは。

まあ、そういう人だからこそ、ここまで成り上がれたんだろうけど。

現代知識でチートしているわたしとは違う、本物の傑物なのだ。

「あります。ただ決して隠していたわけではなく、折を見て話すつもりではありました」

「よい、わかっておる。信じてもらえぬとでも思うたのだろう?」

その言葉に、わたしはほっと安堵の吐息をつく。

とりあえず黙っていたことを責めるつもりはないのは助かった。

わたしは頷き、

「はい、信を得てから話したほうがいいだろう、と」

「安心せい。もう貴様の言は信じざるを得ん」

「ありがとうございます」

「よって、もう隠し事はなしじゃ。全部ここで吐いていけ」

ジロリとねめつけられる。

事ここに至っては観念するより他になさそうである。

「わかりました。では……来年、種子島《たねがしま》なる恐るべき兵器が南蛮よりもたらされ、瞬く間に日本全国に広まり、戦というものを根底から変えるでしょう」

「ほう、どのような武器じゃ？」

「雷のごとき轟音《ごうおん》とともに、矢よりも速く小さな鉛玉を飛ばします。威力も凄まじく、鎧ごと人を撃ち抜きます」

「なんと……そのような物が出回るのか。なるべく早くに導入したほうがよさそうじゃな」

「はい。数年のうちに堺に出回っているはずです」

「なるほど、では来年初めには堺に人をやっておくか」

「良きお考えかと」

「ふむ、他には何かあるか？」

「そうですね、パッとはなかなか思いつきませんが、ああ！　天文一三年八月に、松平長親《まつだいらながちか》が亡くなります」

「っ!?　あの老いぼれめ、やぁっとくたばるのか！」

信秀兄さまはにぃっと犬歯を剝き出しにして、獰猛な笑みを浮かべる。

獲物が弱るのを手ぐすね引いて待っていた、そんな顔である。

松平長親――

三河（愛知県の東部）を支配する松平家の最長老である。

現当主、松平広忠の曽祖父（つまり家康の高祖父）に当たり、名将と名高い人物だ。

あの北条早雲《ほうじょうそううん》を二度にわたって撃退した、と言えばどれほどのものかわかるだろうか。

そんな戦上手が現在も広忠の後見人としてかくしゃくと周辺に睨みをきかせているのだ。

三河攻略を進める信秀兄さまにとっては、まさに目の上のたんこぶと言える存在だったようで、
前々世では彼が亡くなった報を聞いた時には、小躍りしていたのを子供心に覚えている。

「天文一三年ならば……二年半後か」

「はい。その二年半は周辺の調略に力を入れるが肝要かと存じます。松平宗家当主、広忠は未だ一七歳と若く、才気も父に及ばず。こちらになびく者も多いはず」

「それも神託か？」

「左様にございます」

「神託なくとも採用したくなる良き策だ。あるのなら、なおさらだな」

信秀兄さまはうむうむと頷く。

わたしとしても採用してくれるなら有難いことである。

戦なんてないに越したことはないが、今は戦国時代。それは無理な話だ。

ならば、流れる血が少ないに越したことはない。

「しかし……それでも二年半後か。長いな。すっかり斎藤と一戦交えるつもりでいただけに、この昂った気持ちをどうしたものやら」

やれやれと嘆息する。

信秀兄さまは、一代で一介の家臣から尾張を支配し、西三河にまでその勢力を伸ばした男である。

野心家でないわけがない。

狙っていた獲物を直前で取り上げられたのだ。

色々心の中でくすぶるものがあるのだろう。

その姿はまさに、腹を空かせた肉食獣のようである。

……ふむ。

少し考えて、わたしは口を開く。

「でしたら……守護代になり代わる、というのはいかがでしょう?」

「なっ!?」

わたしの提案に、さしもの信秀兄さまも驚きたじろぐ様子を見せた。

無理もない。

現守護代の名は、織田達勝。

正月の折、わたしに因縁をつけてきた信友の義父であり、形式上は信秀兄さまの主君でもある。

つまりわたしはこう言っているのだ。

下剋上をせよ、と。


下剋上――

下位の者が上位の者を政治的・軍事的に打倒して権力を奪取する、まさに戦国時代を代表する言葉である。

秀吉が信長の子から、そして家康が秀吉の子から天下をかっさらったように、戦国時代には横行していたかのように一般には思われがちだが、実のところそんなに数多くはなかったりする。

むしろ数えられる程度。

だいたいの場合においては、主君を廃して主君の一族の別の誰かを新たな主君として擁立する、『主君押込《おしこめ》』がほとんどであった。

身分の上下が大きく入れ替わるとされてきた戦国時代においても、実は『主君の家』と『家臣の家』という家柄の上下関係は割と固定化され、覆されることはほとんどなかったのだ。

対してわたしの『守護代になり代われ』は、家として主君になり代わるのである。

乱世のこの時代にあっても、それは絶対に許されないことだった。

「それは……神託か？」

ごくりと唾を飲み込んだ後、極めて緊張した面持ちで信秀兄さまは言う。

その顔にはびっしりと脂汗の珠が浮かんでいる。

主家を乗っ取るという大罪に、さしもの信秀兄さまも平静ではいられないらしかった。

「半分は神託、半分は私見といったところでしょうか」

信秀兄さまが主家を討伐し、守護代の地位を乗っ取ったという記録はない。

それは息子の信長がやったことである。

そして、それにより織田家が真の意味で統一されたことの意義は極めて大きかった。

後々のことまで考えれば、たとえ非常識であろうともここでやっておいて損はない、とわたしは思う。

だがそれをすることで、本当に織田家にとってプラスになるのかは、歴史のイフである以上、わたしにはわからない。

だから、所詮は私見である。

そこそこ上手くいく自信はあるけどね。

「半分は私見か……続けよ。なぜそう思うに至った？」

「はい。現在、今この尾張で最も力が強く勢いがあるのは信秀兄さまです。それはまぎれもない事実」

「うむ」

「とは言え、そのご身分は、尾張守護、斯波義統《しばよしむね》様の家臣、守護代織田達勝様のそのまた家臣にすぎないというのも、また事実です」

「……そうじゃな」

信秀兄さまが渋い顔でうなずく。

まあ、彼にとっては面白くない現実だろうしね。

「あくまで現在の織田弾正忠家の繁栄は、信秀兄さま個人のお力によるもの、と言えます。信秀兄さまのお力が衰える、あるいは万が一ご逝去などされようものなら、途端にこの尾張は群雄ひしめく混乱状態に陥るでしょう」

「それは神託として捉えてよいのか？」

「はい、これはわたしが素戔嗚尊様よりお教え頂いた未来です」

実際、信秀兄さまの死去後、絶対的存在を失った尾張では複数の織田氏同士で泥沼の争いが繰り広げられることとなる。

そんな状態からたった数年で守護代二家を滅ぼし、弟の家も従弟の家も潰し、尾張を真の意味で再統一するという信秀兄さまにもできなかったことを成し遂げるあたり、やはり信長はとんでもない化け物である。

とは言え少なくともわたしとしては、そんな状態はひたすら怖いので、是が非でも避けたいところだった。

「それを防ぐためにわしに守護代になり代われ、と貴様は申すのじゃな？」

「はい、余裕の出来た今だからこそ、足場をお堅めになるのも肝要かと存じます」

守護代の役職は、まさに尾張の支配者の証明書と言える。

大義名分、建前が重要なのは、二一世紀も戦国時代も変わらない。

仮に信秀兄さまが亡くなったとしても、その子が守護代の職を引き継げば尾張の混乱は史実ほどひどくなることはまずないはずだった。

「…………ふううう」

しばしの間の後、信秀兄さまはなんとも言えない重い嘆息をこぼす。

そのまま苦々しげな顔で頬杖をつき、

「貴様の言わんとすることも、まあ、わからんでもない。確かにわしが何らかの失態を犯し求心力を失えば、間違いなく尾張は乱れよう。だが守護代に取って代わるなど、それはそれでわしを討つ口実を周りに与えるようなものじゃ。将来の禍根を断つために、今滅びることになりかねん。それでは本末転倒じゃ」

信秀兄さまの言い分は至極もっともではあった。

実際、斎藤道三は主君である土岐頼芸を追放し国を乗っ取るや、信秀兄さま自身が越前（福井県）の朝倉氏と共謀して、土岐氏復興を名目に美濃（岐阜県）へ攻め込もうとしていたのだ。

自分がすることは、他人だってするものである。

ちょうど尾張の周囲には、今川家、六角家、北畠家と守護職の名家も揃っている。

そんな状態で主君に取って代わろうなど、相手に大義名分を与え、よってたかって袋だたきにしてくれと言っているようなものだった。

「確かに、信秀兄さま主導でやるのは悪手です。が、正統なお方がそう仰るのであれば何も問題なくありません？」

にこっとわたしが意味深に笑うと、それだけで信秀兄さまはわたしの意図を察したようだった。

「っ!?　武衛《ぶえい》様か!?」

「はい、左様にございます」

武衛様とは、現尾張守護、斯波義統のことである。

斯波氏は室町幕府将軍である足利氏の有力一門であり、管領職を持ち回りで任されるほどの名家である。

それだけに分家も多く、斯波氏嫡流のことを特に武衛家と呼んでいるのだ。

ぶっちゃけもはや大した力もなくお飾りの神輿《みこし》の傀儡《かいらい》に等しいが、それでも名目上は今も尾張を治め支配する守護大名は彼だった。

立場上は、守護代である織田達勝も、信秀兄さまも、彼の家臣なのである。

その権威を利用しない手はなかった。

「信秀兄さまは武衛様とも懇意《こんい》になされ、信頼を勝ち得ておられるとか」

「そんなことまで素戔嗚に教えてもらったのか？」

「はい」

「ふん、神も下世話なものだ。が、成程な。武衛様の主命であれば、わしとて断る道理はないし、達勝たちも大っぴらには逆らえん。だがどう口説く？　さすがにそう簡単に首を縦に振ってくれるとは思えんぞ？」

前述の通り、戦国時代といえど官職は世襲が基本である。

織田大和守家は初代織田教信《のりのぶ》より守護代として尾張を実質的に統治してきた家柄である。

百年以上続く伝統を自分の代でとりやめる、というのはなかなかに頷きづらいのは容易に想像できる。

だが、わたしには秘策があった。

「信秀兄さまが、達勝様の養子になられればよいのです」

「なに？」

信秀兄さまが少し嫌そうに眉間にしわを寄せる。

もう一〇年近く前になるのだが、信秀兄さまは達勝様の娘を娶《めと》り、義理の親子関係を結んでいた時期があるのだ。

信秀兄さまの家督相続時のいざこざで、関係は悪化、離縁してしまったが。

色々苦い思い出もあるのだろう。

今さらまた親子関係を結ぶなど、まっぴらごめんと顔に書いてある。

だがそこは、なんとか我慢してもらいたい。

それで得られるものが、あまりにも莫大なのだから。

「達勝様はすでに還暦近い老齢の身。唯一の男子であられた梵天丸《ぼんてんまる》様は二年前に夭折《ようせつ》され、後継として信友様を養子とされましたが、その出自は清須三奉行、織田因幡守家《いなばのかみ》」

「っ！　我が織田弾正忠家と同格、だな」

「はい。さらに申せば、現織田大和守家当主、達勝様の祖父敏定《としさだ》公は、信秀兄さまの曽祖父でもあらせれます。血縁という意味ではむしろ信友様より信秀兄さまのほうが近い。そして実力的にはもはや比べるべくもなく。信友様は暗愚と評判。尾張の虎と近隣でも畏怖される信秀兄さまが大和守家を継いだほうが尾張も安定する。……な～んて噂を清須城内に流してみる、とか？」

パチリとわたしはウインクしてみせる。

なんか途中から信秀兄さまの顔が驚愕に打ち震えだしたんでちょっと茶目っけを出してみたんだけど、う～ん、あまり効果はないみたいだった。

「そうやってわしが大和守家を継ぐのを皆が望んでいるという空気を作れば、武衛様も乗り気になる、か」

震える声で、信秀兄さまは言う。

「ええ、ご明察の通りでございます」

さすがに察しがいい。

結局、小田原評定なんて言葉もあるように、戦国時代も二一世紀も、空気を乱さないことを第一とするのが日本人という民族である。

ならば、その空気を恣意的《しいてき》に動かし『流れ』を作ってしまえば、人はその流れに容易には逆らえなくなる。

二一世紀でもマスコミなんかがよくやっている手法だ。

ちょっと悪辣と言えば悪辣な手ではあるが、尾張国内が内乱状態になるのを避ける為には手段を選んでいられなかった。

「これも素戔嗚の入れ知恵か？」

「いえ、これはただのわたしの私見、女の浅知恵にございます」

頷けば意見が通りそうだけど、それをするのはさすがに詐欺というものだろう。

信秀兄さまはフッと苦笑し、

「謙遜《けんそん》するな。やはり貴様をよそに嫁になどやれんな。まさに女孔明、神託などなくとも大した軍師っぷりよ」

諸葛亮孔明、中国三国志時代の蜀の宰相であり、天才軍師の代名詞的な人物である。

秀吉を支えた名軍師竹中半兵衛も、そう例えられたんだとか。

正直そこまで持ち上げられると、嬉しいんだけどちょっと肩身が狭い。

所詮、わたしのは後の歴史を知っているがゆえのもの、だしね。

「その策、採用させてもらおう。武衛様の側近に金を握らせるのもありか。くくっ、領土を広げることにばかり傾注しておったが、確かに内を固めるのも重要じゃな。面白くなってきたわい」

にぃいいっとその口の端が吊り上がっていき、鋭い犬歯が覗く。

まさしく『尾張の虎』の二つ名にふさわしい獰猛な笑みだった。

第六話 ✲ 天文十一年三月上旬『風雲急』

斎藤道三の国盗りからはや一月。

尾張国は表面上は平和ながらも、伝え聞くところによれば裏では策謀が渦巻き、色々な人が忙しなく走り回っているそうらしい。

大変ご苦労なことである。

だが、そんなことはわたしには関係のない話。

今日も今日とて、新しい発明品の構想を又右衛門に語り、「いやぁ、いい仕事したわ～」っと気分よく縁側で日なたぼっこしながらごろ寝していたのだが、

「姫様。先触れが参りました。信秀様がおいでになられるとのことです」

かくも無惨に穏やかな時間は打ち砕かれる。

信秀兄さまのことは決して嫌いではないんだけど、圧が強いから接してると疲れるのよねぇ。

しかもあっちからこっちに来るなんて、もう面倒事の気配しかしないんだけど。

まあ、会わないわけにもいかないか。

「わかったわ。じゃあ、ゆきはおもてなしの準備をよろしく。はるはわたしの準備手伝って」

「「はい」」

実の兄とは言え主君は主君、粗相はできないしね。

しばらくして。

「おう、つや。久方ぶりじゃな。元気にしておったか」

信秀兄さまが到着する。

「いらっしゃいませ。信秀兄さまもご健勝のようでなによりです。どうぞお入りください」

早速、わたしは普段あまり使わない屋敷の広間に案内する。

一二畳ぐらいの部屋の中で、北側の上座が一段高くなっており、花瓶に花や、掛け軸が飾られている。

いわゆるここが御座所、主君が座る場所である。

普段はわたしが家来たちを相手にする時に座るんだけど、今日はもちろん信秀兄さまが上座でわたしが下座である。

「ふむ、貴様の新居に来たのはこれが初めてじゃが、なかなか良い屋敷ではないか」

上座に腰掛け、信秀兄さまが言う。

わたしもその対面に正座し、頭を下げる。

「ありがとうございます。全て信秀兄さまのおかげです」

あながち嘘ではないのよね。

土地は信秀兄さまからもらったものだし。

建築費用もけっこう信秀兄さまからもらったものから捻出してるし。

まあ、それに見合うだけの利益も提供できてると自負してるけど。

「それで、わざわざわたしのところまでおいでになるとは何用でしょう？」

「なに、先程まで清須城にいたのでな、その帰りに寄っただけよ」

清須城……ね。

やっぱりか。

くだんの斯波義統に織田達勝がいるところである。

「その様子だとうまくいったみたいですね？」

ふふっとわたしは笑みをこぼしつつ言う。

信秀兄さまったら、すでに口元がニヤついているのよね。

「うむ、今日、御前会議にて皆の前で養子の件と守護代の件、表明してもらったわ」

「おおっ、おめでとうございます！」

「うむ。貴様の策、ずばりハマったわ。その場は達勝殿に持ち帰って検討すると逃げられたが、武衛様にお心を皆の前で語ってもらったのは大きい。後は時間の問題じゃな」

うむうむとあくどい顔で信秀兄さまが頷く。

わたしも一安心である。

織田大和守家はまさに織田弾正忠家にとっては手を出しにくい目の上のたんこぶにして、旗色が悪くなれば攻めてくる実に厄介な連中だ。

今のうちにきっちり弱小化させておけるなら、それにこしたことはない。

「まあ、そっちはうまくいったのじゃが、もう片方が少々難航しておる」

それまでの喜色から一転、信秀兄さまは脇息《きょうそく》（肘置き）に頬杖を突き嘆息する。

もう片方って言うと、斎藤家との同盟の件か。

「ちょっと意外です。斎藤家の状況を考えれば、飛びついてくると思ったのですが」

「ああ、そちらは何の問題もない。娘を差し出すとも言ってきおった」

「娘を……ということは婚姻ですか。どなたとです？」

「嫡男の吉法師《のぶなが》じゃ」

ですよねー。

出来れば違う答えを期待したんだけど、もうそういう運命なのだろうなぁ。

これで斎藤道三が信長の後見人か、痛いなぁ。

でも、織田家としては今後起きうるであろう松平家、その先にある今川家との戦いを考えると、北の斎藤との同盟はマストなので、これはもう仕方がないと割り切るしかない。

「なるほど。で、何が問題なのです？」

とりあえず私情を捨て、冷静さを装いつつ話を進める。

「武衛様だ。後、大和守家と伊勢守《いせのかみ》家もか。土岐氏再興を支援しない、ということまではご理解頂けたが、同盟は何があっても認めるわけにはいかんと仰せになっておられる」

「なにゆえ、でしょう？」

「面子《メンツ》だ。守護を弑《しい》して国を乗っ取った逆賊と即座に手を組むなど、下剋上を容認したことになる。そんなことを許せば、名門斯波氏の面目が地に墜ちる、となと」

「あ～……」

まあ普通に考えて、守護の斯波義統様からしたら、同じく守護の土岐頼芸が追放されるのは、対岸の火事とは言え気分はよくないわよね。

史実の時は織田家、ひいては斯波家滅亡の危機だったからとか、土岐氏追放から時間が経っていたということもあり、とんとん拍子に進んだんだろうけど、今の尾張は上り調子だからなぁ。

その辺はちょっとわたしの計算違いだったみたいだ。

やっぱり机上の空論は机上の空論、か。

けっこういい案だと思ったんだけどなぁ。

「そこで我が織田弾正忠家単独で、斎藤家との間で婚姻を結ぶ方向で話が進んでおる」

「へ？　単独で、ですか」

「うむ、守護の斯波家としては、斎藤道三の国盗りを容認するようなことは絶対にできん。抗議声明もきっちり出す。その上で、いちいち家臣の家臣が勝手に婚姻を進め結ぶことにまで関与していない。知らぬ存ぜぬという体《てい》じゃ」

「斎藤家にしてみたらかな～りふざけた申し出になってる気がするんですけど、大丈夫なんですか？」

その盟約では、織田弾正忠家はともかく、斯波家や守護代の織田氏二家の行動をまったく制限していない。

斎藤道三が何か隙を見せたり、情勢がそういう流れになれば、これら三家は容赦なく美濃に攻め込むこともあると言っているようなものだ。

そんなものはもはや同盟でもなんでもない。

「ああ、先方もそれでいいとのことだ。ただし、娘婿となる吉法師を預かりたいと言ってきおった。国盗りのほとぼりが冷め、ちゃんとした同盟を結ぶ日まで、な」

「人質、ですか」

まあ、相手は美濃のマムシとまで言われた人物である。

そこまで甘いわけはないか。きっちり最重要のポイントは押さえてくる。

大事な跡取りを人質に取られては、信秀兄さまも必死に他の三家の暴発を抑えざるを得ない。

「それで、受けるのですか？」

「……そうだな。それもやむなし、といったところだ」

その顔には苦渋がありありと浮かぶ。

なんだかんだ吉法師のことが可愛いのだろう。割り切れなさが滲《にじ》む。

史実を見ても、信秀兄さまは子供に対して情を捨てきれないところがある。

国主よりも、親になってしまう、というか。

三河攻略の要ともいえた人質の家康を、長男信広を助けるために解放したり。

四男信行にも、末森城を与え信長と同等の所領と権利を与えていたり。

かといって信長を廃嫡もせず、那古野城主に据え置いている。

そして、その子供への分け隔てない愛情が、しかし信秀兄さまの死後の尾張を混乱させた側面があるのもまた事実だった。

（それにしても、また信長に恨まれることになりそうね）

今回の斎藤との同盟、わたしが発案者なのだから。

どうやらつくづく今世のわたしと信長は険悪になる運命にあるらしい。

いや、わたし個人としては、信長と斎藤家の縁が深まるのは、避けたいところではあったんだけどね。

人質として短期的に尾張からいなくなってくれること自体は大変有難いけど、できれば信行あたりと縁をつないでほしかった。

だが織田弾正忠家としては、ここで斎藤家と縁組するべきなんだよなぁ。

北と東に強敵を抱える状況は、あまりに危険すぎる。

守護代にも内定したし、とりあえずはこれで信秀兄さまの政権運営も安定かなとほっと安堵したその時だった。

「信秀様ー！　信秀様はおいでになられますかっ!?」

突如、大声とともに庭に騎馬が駆け込んでくる。

戦国時代と言えど、屋敷の前で下馬をするのが礼儀である。

そうじゃないところに、事態の緊急性があった。

「どうした!?　何事じゃ!?」

信秀兄さまが障子を開け怒鳴る。

それに気づいた騎馬武者が、慌てて馬を降りその場に膝を突いて叫ぶ。

「織田信友様が謀反！　清須城内の武衛様の屋敷を急襲、武衛様はあえなく討ち取られたとのことです！」

「なっ!?　短慮な奴と前々から思っておったが、早まったことを……っ！」

信秀兄さまが唖然とつぶやく。

さすがの尾張の虎も、事態の急変に心が追い付かないようだった。

「問題ありません」

一方のわたしは眉一つ動かすことなく、淡々と言う。

実は史実でも、織田信友は武衛様——斯波義統を暗殺しているのだ。信友の信長暗殺計画を信長にバラしたから、という理由で。

年初の時も、わたしが信秀兄さまの妹って理由だけで、割と後先考えずに意地悪してきたのも記憶に新しい。

そういう短慮な奴が、廃嫡を迫られて暴発する。

可能性としては十分に有り得ることであり、想定の範囲内に過ぎない。

だがそれは、あくまで斯波義統殺害に関してで、

「何が問題ないというんじゃ!?　武衛様が討ち取られたのじゃぞ!?」

ここまで信秀兄さまが激高するとは、全く想像もしていなかった。

ガンッ！　と脇息に拳を叩き付ける信秀兄さまの目には、うっすらと涙がにじんでいた。

そういえば、仲良かったんだっけ。

誤解をしていた。

かつて信秀兄さまは那古野城を、城主の今川氏豊と仲良くなって油断させてから、裏切りと謀略でまんまと奪い取ったことがある。

てっきり武衛様のことも政略として利用しているだけなのだろう、と思っていた。

でもそれはあくまでわたしの勝手な思い込みで……

「昔からわしなんかによく目をかけてくださり、陰に日向に支援してくださった。今のわしがあるのはあの方のおかげよ。それを……っ！」

「も、申し訳ございません！」

わたしは慌ててその場に平伏する。

今さらながらに、わたしは自らの致命的なミスに気づく。

今回の戦略、わたしはどこか人を駒扱いしていた。

無意識に、ゲームのキャラクターのように見ているところがあった。

特に会ったこともない人物は。

だから、簡単に切り捨てる判断を下せた。能力値の低いキャラだから、と。

けど違うのだ。

彼らは決して駒でもキャラでもない。血の通った人間なのだ。

死ねば悲しむ人だってきっといる。

今の信秀兄さまのように。

そんな当たり前すぎることを、わたしは失念していたのだ。

「～～っ！　聞かなかったことにしてやる。今はしばし一人にせよ！」

信秀兄さまはしっしっと犬を追い払うように手を払った後、ふいっとわたしから視線を外し、目頭を押さえてうつむく。

完全にこちらを拒絶している気配がある。

そのひどく落ち込んだ姿に、昔の自分への後悔と、武衛様への罪悪感と、信秀兄さまへの申し訳なさが心の中で渦巻く。

ぎりっ。

だが、わたしは奥歯を噛み締め膝を握りしめ、それらを心の底に押さえつける。

（嘆くのも、自分を責めるのも、もっと後！　今ここで引くわけにはいかない）

必死に自分に言い聞かせる。

上に立つ者は、決して感情に呑まれてはいけないのだ。

上の者が感情で物事を判断すれば、その被害は下の者全員が引っ被《かぶ》ることになる。

そのことをわたしは、嫌というほど学んだのだ。

わたしの初陣とも言えるあの戦いの中で。

元亀三年（一五七二年）一一月　岩村城――


「まだ!?　まだ後詰《ごづ》めはこないのですか!?」

つやは金切り声で重臣の藤井常高《ふじいつねたか》を問い詰める。

後詰めとは援軍のことである。

彼に聞いたところで望む答えが返ってこないのはわかっている。

それでも問わずにはいられなかったのだ。

籠城してはや半月が経つ。

幾度かに分けて起こった小競り合い、いつ終わるともしれぬ包囲、待てど暮らせど一向に来ない援軍……つやの精神はもう限界に達していた。

最初の頃は勇猛果敢に戦っていた彼女であるが、戦いに身を投じるのは今回が初めてである。

当然、籠城戦の経験もない。

今回が初めてであり、にもかかわらず女城主として指揮を執っているのだ。

だというのに、背負うものが多すぎた。

領民、城兵、亡き夫の親族、信長から預かった彼の息子にして最愛の義息御坊丸。

自分がなんとかしなければ、彼らの命がすべて失われるのだ。

両肩に乗っかる数百数千という命の重荷に、つやはもう潰れる寸前だった。

「もう皆限界よ!　どうすればいいっていうの!?」

何もかもがわからなさすぎて、不安すぎて、もう頭がどうにかなりそうだった。

「これまで通り、防衛に徹すればよろしいかと。大丈夫、我が岩村城は峻厳《しゅんげん》なる地形を利用した要害堅固な城でございます。いかなる敵が来たところで鎧袖一触《がいしゅういっしょく》です」

藤井が淡々と告げる。

代々遠山家に仕え、岩村城を知り抜いている彼である。

その言葉はまったくもって正しかった。

実際、攻め手の秋山虎繁は、この難攻不落の山城を前に攻めあぐね、今まさに手をこまねいていたのだから。

だが、そんなことは何もかもが不慣れなつやにはわからない。

「そう言い続けてもう半月じゃない！　こんなことをいつまで続けろって言うのよ!?」

「今しばらくのご辛抱かと。信長公も浅井・朝倉との戦いの最中なれば、どうしても多少の時は必要でしょう。なに、水源ならば井戸で確保できておりますし、兵糧ならまだ三ヶ月はもちます」

「そういう問題じゃないわよ！」

つやは思わず手に持っていた扇子を感情のままに床に叩き付ける。

この半月、幾度も敵が攻めてきた。

そのたびに何人も死んだのだ。

大半は武田勢であったが、自分たち遠山勢も決して無傷というわけではない。

しかも相手は、武田の猛牛とまで言われる名将秋山虎繁だ。

明日にでも、この本丸まで敵が乗り込んできてもおかしくない。

そうなればいったいどれだけの人が死ぬのか。

昨日まで親しくしていた者たちが、明日には全て屍になっているかもしれないのだ。

実際の武田勢は大手門を抜いたぐらいで一の門あたりで難儀していてそんなことは有り得ないのだが、恐慌状態に陥っていた彼女には、十分にあり得そうに思えてならなかった。

そこに敵方の将秋山虎繁より一通の書状が届く。

『おつやの方、女ながらに戦場に立ち兵を鼓舞する貴女の姿を一目見て、心底惚れ申した。我が妻となってもらいたい。さすれば領民、城兵、養子であられる御坊丸殿の命、全て保証致しましょう』

その誘いは、漆黒の闇の中でもがくつやにとっては、まさしく一条の光にしか見えなかった。

自分さえ敵に降《くだ》れば、全員が助かる。

この両肩に乗っかった数百数千という命の重荷を、無事に降ろすことができる。

この時のつやにとっては思わず飛びつかずにはいられない、まさに禁断の果実であった。

そして、つやは開城を決意し武田に降る。

一一月一四日のことだった。

その一ヶ月半後、織田・徳川勢が五〇〇〇の兵をもって岩村城を取り返しに来たとつやは後になって聞いた。

兵糧的にも、十分に耐えしのげる日数だった。

あの時、つやが甘言に惑わされず耐え抜いていれば、岩村城を守り抜くことが出来たということだ。

秋山虎繁自体は、約束をすべてきちんと守り、そしてつやのことを心から愛してくれた。

そのことには心から感謝しているし、嬉しくも思っているし、夫のことを愛してもいた。

だが一方で、心のどこかにこの時のことが、つやの心に抜けない棘《とげ》として残ったのもまた事実である。

義息の御坊丸に武田の人質生活を強いずに済んだのではないか。

自分に期待してくれた織田家の人たちに、自分はあの失態でどれだけの辛苦を味わわせたのだろうか。

そんな中で、裏切者の自分だけが愛する人とのうのうと幸せに暮らしてもいいのだろうか。

なによりも――

二年後、自分についてきた岩村遠山家の一族郎党全てが、信長に殺されることにもならなかったのではないか。

前世でも今世でも、何度も何度もフラッシュバックし心が痛む、苦い記憶だった。

……

…………

（ったく、いやなこと思い出しちゃったわ）

わたしは自嘲とともに顔をしかめる。

脳裏を自分の不甲斐なさのせいで死んでしまった遠山の家臣たちの顔がよぎっては消え、よぎっては消えていく。

おそらく、あの時のわたしと今の信秀兄さまの姿がどうにも重なって見えたせいだろう。

だからこそ、伝えねばならなかった。

たとえそれが、冷酷非情の悪魔の所業だとしても。

「お気持ちはお察し致します。が、あえて言わせていただきます。泣いている場合ではございません。これ以上ない好機です」

「なにぃっ!?」

ギロリと鬼の形相で睨みつけられる。

その眼には怒りや敵意、憎悪が燃え盛っている。

「下がれと言ったであろう！　それとも無理やり放り出されたいか!?」

ぐいっと乱暴に胸倉を摑まれる。

怖い。

まだ幼児の身体からすると、信秀兄さまの体はまるで熊のようにさえ感じる。

だがそれ以上に、悲しかった。実の兄にこんな眼を向けられるのが。

これ以上言えば、わたしは二度と信秀兄さまに笑いかけてもらえなくなるかもしれない。

それでも言わねばならなかった。

上に立つ者が感情に呑まれ判断を誤れば、多くの命が失われる。

あんな思いをするのはもう二度とごめんだし、織田家の人間として信秀兄さまにもさせるつもりはなかった。

「黙りませぬ！　繰り返しになりますが、またとない好機なのです！」

「なっ!?　まだ……」

「逆賊織田信友を討ちましょう！　今なら大義名分が立ちます。兵は拙速を尊ぶと申します。悲しむのは後、今は一刻も早く動くべきです！」

ジッと信秀兄さまの目を睨み返し、わたしははっきりと言い切る。

本能寺の変の時、信長の訃報を知り嘆き悲しむ秀吉に光秀を討てと諫言した黒田官兵衛は、こんな気持ちだったのかもしれない。

実際、急を要するのは確かだった。

織田信友の凶行は、極めて突発的だったのは確かだ。

入念な準備をしてのものではない。

時間を与えれば、その分面倒になるだけである。

ならば対処する暇も与えず、一気呵成《いっきかせい》に叩き潰すのが最も敵味方ともに損害が少なくて済む。

戦国乱世の時代、争いは避けられない。

話し合いでとか、皆仲良くとか、出来ればそれに越したことはないけれど、そんな絵空事は通用しない。

ならせめて少しでも味方の流す血を減らす。

それがわたしの何にも勝る信念だった。

しばしの沈黙の後、信秀兄さまはぎりっと奥歯を噛み締め呻くように言う。

「……わかった。確かに貴様の言う通りである」

その言葉に、わたしはほっと安堵の吐息をこぼす。

激しい悲しみや怒りの中でも、諫言に耳を傾ける理性がちゃんと残っている。

信秀兄さまは、昔のわたしとはやっぱり違う。

「そこの者！　急ぎ古渡に戻り枇杷島川以南の領主たちに触れを出せ！　明日の夜明け前までに、兵を集められるだけ集めて那古野に集結せよ、とな！」

斯波義統討ち死の報を持ってきた騎馬武者に指示を飛ばす。

「……えっ⁉」

先程までのわたしと信秀兄さまの言い合いにすっかり呑まれていたらしく、騎馬武者は間の抜けた声を上げるも、すぐにはっと我に返り、

「は、ははっ！　承りました！」

すぐさま馬に飛び乗り駆けてゆく。

それを見送ってから、信秀兄さまがくるりとまたわたしのほうを振り返る。

「忠言、感謝する。おかげで千載一遇《せんざいいちぐう》の好機をみすみす見過ごさずに済んだわ」

「いえ、わたしのほうこそご無礼つかまつりました。処罰はなんなりと。さすがに殺されるのは勘弁願いたいですが」

「ふん、貴様のような有用な奴を殺すなど、そんな勿体ないことをするか。貴様もそれは計算済みの諫言であろう」

信秀兄さまはつまらなさげに鼻を鳴らす。

あはは、バレてるなぁ。

まあ、仰るとおりである。

歴史的に見ても、信秀兄さまって身内に甘い人だからね。

それで晩年はグダグダになったところあるし。

だから言っても大丈夫って確信はあった。

そして、わたしはそんな身内に甘くて優しい信秀兄さまがなんだかんだ言って好きなのだ。

「とは言え、言われっぱなしは面白くないのも事実。あれだけでかい口をわしに叩いて見せたんじゃ。口だけじゃないところも見せてもらわんとなぁ？」

「……へ？」

前言撤回である。

にたぁと笑う信秀兄さまは、甘くも優しくもなさそうだった。

嫌な予感が止まらない。

あれ？　この展開ってまさか……

「貴様が仕向けた戦じゃ。当然、貴様も出陣するんじゃよなぁ？」

あ～、やっぱりぃっ！

これは拒否権なさそうだなぁ。

まあ、確かに人をけしかけておいて、自分は高みの見物では筋が通らない。

仕方ない、か。

ならどうせだ。派手にいくとしますか。

「ええ、是非もないことでございます。そこで一つ、わたしに策があるのですが」

「ほう？　女孔明の献策か。是非うかがいたいものだな」

信秀兄さまは興味深げに、耳を寄せてくる。

わたしはごにょごにょとその耳元で考えを語り、

「……やはり貴様は他家にはやれんな！」

信秀兄さまはなんとも言えない苦笑いを浮かべる。

その口元がわずかにひくついている。

そこまでおかしなこと言ったつもりもないんだけどなぁ？

「何度も思うたことではあるが、今ほど貴様が敵でなくて良かったと思うたことはない。いっそ信友が哀れになってきたわ」

とりあえず、この物言いからすると、わたしの策に反対ではなさそうである。

んじゃまあ許可も出たことだし、今世での初陣と参りましょうか！

「成経！」

信秀兄さまが帰るや、わたしは早速、声を張り上げる。

「おうっ！　ようやっと出番か」

笹の葉をクイクイしながら、物陰から成経が現れる。

騎馬武者が邸内まで乗り込んできた時点で、緊急事態であることを察し、待機していたのだろう。

その口元がにぃっと獰猛に緩んでいる。

戦の気配に、血が騒いでいるといったところか。

日常なら怖いけど、今は頼もしい限りである。

「これを持って日比津に行き、兵をかき集めてきなさい」

わたしはごそごそと袖の下から印籠を取り出して命令する。

印籠には表には織田の家紋の織田木瓜《もっこう》、裏にはわたし個人の印である牛を象《かたど》った紋様が刻まれている。

水戸黄門よろしく、これを見せれば、わたしの主命であるということが証明できるって寸法だ。

ちなみに家紋が牛なのは、一家を立てたのだから家紋が必要と信秀兄さまに言われて、ぱっと頭に思い浮かんだのがそれだったのだ。

ほら、聖牛だったり、牛乳だったり、太田牛一だったり、どうにも今世は牛がらみが多いから。

あと前々世でも四番目の夫は「武田の猛牛」だし。

まあ、これも縁だろうって即断即決した次第である。

……ちょっと早まったかしら？

でも、けっこうこの紋様、気に入ってはいるのよね。

「あぁ？　お遣いかよ」

成経は目に見えて失望を露わにする。

すわ戦だ、って思ってただけに、肩透かしを食らったといったところか。

「貴方だから頼んでいるわ。今回の戦は時間との勝負。うちで一番馬術に秀でているのは貴方でしょう？」

「ちっ、そう言われると断れねえな。わぁったよ」

印籠を奪い、成経はやれやれといった調子で厩舎へ走っていく。

そんな彼の背中を睨みつつ、隣でじぃが苦々しげに唸る。

「まったくいつまで経っても姫様への態度が変わらんな、あやつは」

「いいのよ。ああいう人も家来には必要だわ」

一方のわたしは、まったく気にした風もなくあっけらかんと言う。

みんながみんな、わたしに忖度《そんたく》し始めても、怖いものがある。

徳川家康なんかも言っているんだけど、相手が誰であろうと思ったことを口にする人材というのは、貴重で有難いものなのだ。

「とりあえず動員できるのは六〇人ってところかしら？」

うちの領地は石高に直すとざっと二五〇〇石。

一万石でだいたい二五〇人ぐらい動員できるらしいから、その四分の一となるとそんなもんだろう。

「はっ、それぐらいが妥当なところかと」

「そう。じゃあ、まあ、集まってくるまでのんびりしますか。とりあえずわたしはご飯が食べたいわ。ゆき～、準備してくれるー？」

「はい、急ぎ準備致します」

「お願いねー」

戦が何日続くかはわからないし、その間は温かいご飯はなかなか食べられなくなる。

兵糧玉とか芋がらの茎とか、食べたことあるけどクッソまずいしなぁ。

今のうちに食べ納めでお腹いっぱい食べておきたいところだった。

「初陣だというのに……随分と余裕でございますなぁ」

じぃが呆れ半分感心半分といった様子で言う。

まあ、確かに変に見えるだろうなぁ。

ボクシングの世界王者とかも、最も緊張したのはデビュー戦とか言うこと多いし、わたしも前々世ではそうだった。

地に足が付かなくて、浮足立っちゃってた。

それが普通なのだろう。

なのに今のわたしときたら、緊張するでもなく、不安に怯えるでもなく、迫る戦いに興奮するでもなく、ただただ自然体。

玄人くさいなって我ながら思う。

「まあ、まだ本番まで時間あるからね」

「いや、それでも大したものです。先の成経など見たでしょう？　気が逸《はや》って明らかにかかってお
りましたわ」

かかる、とは馬が興奮状態になって乗り手のいうことを聞かなくなってることを言う。

なかなか辛辣な評価である。

わたしからすれば、ああやってわくわく楽しみにできるだけでも、大した肝っ玉だと思うけど
ね？

「いざとなれば、わたしも緊張すると思うわよ？」

さすがに前々世から通算すると三度目のわたしと比較されるのはかわいそうなので、適当にお茶
を濁しておく。

しかも前二回は敵に完全包囲されての籠城戦。

あの神経すり減らす、終わりの見えない地獄の持久戦から比べれば、今回の戦なんてビクビクす
るはずがないのよねぇ。

だって……

勝ち筋はもう見えているのだから。

間話✲天文十一年三月上旬『尾張守護代　織田大和守達勝』

「なっ!? ぶ、武衛様を、あ、暗殺したじゃとぉっ!?」

織田大和守家当主、織田達勝は嫡養子からの報告に、思わず声を裏返させた。

今朝がた、傀儡であったはずの斯波義統から、織田信秀を養子に迎え、守護代職を譲れなどと言われただけでも青天の霹靂《へきれき》もいいところだったのに、今度はその斯波義統を暗殺した、である。

もう六〇歳近いというのに急展開の連続で、頭がまったく追い付かない。

「ええ、ガキの頃から面倒見てやったってのに、俺を廃嫡しようなんて生意気にも程があります。身の程ってやつを教えてやりましたわ」

嫡養子の信友が、得意満面に言う。

達勝は思わず頭を抱え込みたくなる。

その気性の荒さに武将としての器を感じ養子としたのだが、どうにも短慮なところが目立ちすぎる。今回はその最たるものだった。

「ばっかもん！　形式の上だけとはいえ、斯波家はこの尾張の守護にして、我が織田大和守家が長年仕えてきた主君であるぞ！　それを殺すなどと……っ！」

「仕方ねえじゃないですか。あいつ、俺を廃嫡せよとかふざけたこと抜かしたんですよ？」

「ならまずは説得を試みるのが筋であろう!?」

「はっ!?　そんな悠長なこと言ってられますか！　ンなことしてる間に俺は廃嫡されてますよ！」

「むぅぅ、せめて城の一室に蟄居《ちっきょ》させるなり、強制的に隠居させるなり他に方法が……」

「そんなん逃げられたり、信秀に取り戻されたりしたら、余計に面倒になるだけでしょうが！」

「む、むううう」

達勝は下唇を噛み締め唸る。

確かにそれは最も望ましくない展開である。

そして、十分にあり得ることでもあった。

曲がりなりにも斯波家の人間だ。牢につなぐわけにもいかず、相応の対応でもてなさねばならない。

どこかの邸宅に押し込めたとして、昼夜を問わず鼠一匹逃がさぬ警戒となると、極めて難しいと言わざるを得ない。

実際、有名どころでは後醍醐天皇が幽閉先から逃亡しているし、現将軍の足利義晴も、播磨《はりま》の地に幽閉されていたが脱出して上京している。

信秀の下に逃げ込まれ大和守家討伐を掲げられれば、信秀はこれ以上ない大義名分を得ることとなる。

そうなれば、織田大和守家は四面楚歌、滅亡まったなしである。

「幸い武衛様には二歳になる赤ん坊がいて、そいつはもう俺たちが押さえています。そのガキに斯波の名跡を継がせてしまえば、どうとでもなりますって」

「……ふむ」

達勝にはそう簡単にいくとも思えなかったが、とは言え起きてしまったことは仕方がない。もはやそうするより他に道はなさそうである。

「そうじゃな。まずは触れを回さねばな。武衛様ご乱心につき、誅殺せざるを得ず。ついては嫡男岩竜丸《がんりゅうまる》様が我が尾張大和守家後見の下、斯波家一五代当主を襲名す、とな」

「ははっ、信秀あたりは文句言ってきそうですなぁ」

「間違いなく、な。まあ、その辺のらりくらりとかわせばなんとかなろう。権謀術数に長けた男ではあるが、織田一族の者には存外甘いからのぅ」

口髭を撫でつつ、達勝はにたりと笑う。

信友も釣られるように同様の笑みを浮かべる。

そう、彼らは信秀を舐めていたのだ。

その実力を認めつつも、主家であり同じ織田一族でもある自分たちに刃を向けられはしない、と。

その判断は確かに正しくはあった。

史実的にも、信秀は自らに楯突く親族を屈服まではさせても、殺すことも家を潰すことも追放することもできず、なあなあに済まし続けたのだから。

だが、彼らは不幸にも知らなかった。

今の信秀のそばには未来を知る参謀がいることを。
そしてその参謀は、信秀ほど織田一族に甘くはないということを。
だから彼らは、この日をひたすら斯波家次期当主擁立に使い続ける。
信秀が夜の闇にまぎれて兵を集めたのとは対照的に。
全て一人の少女の思惑通りに。

第七話 ✲ 天文十一年三月上旬『清須の戦い』

「姫様！　姫様！　起きてくださいませ！」

「ん、んん？」

じぃの声に、わたしはまどろみから覚める。

もそもそと起き上がりとりあえず前すだれを上げるも、視界はほとんど真っ暗だった。

月明かりでなんとかじぃの顔の輪郭が確認できるといった程度である。

って、さむさむぅっ!?

位置がバレるわけにはいかないから焚火もできず、服を何枚も何枚も着込んでいるのだけどそれでもめちゃくちゃ寒い！

まあ、三月とは言え、真夜中。しかも今、地球はちょうど小氷河期時代。

そりゃ寒いかぁ。

この時代の人たちはこんな寒い中で、よく大した防寒具なしで外で寝られるもんだよ。

男同士でぎゅうぎゅう詰めになって寒さをしのぐっていうんだから、実に大変なことである。

「先程、那古野より早馬が。殿が那古野を出陣なされたとのことです！」

「そう、じゃ、頃合いね。皆を起こしなさい」

わたしは立ち上がり、命令を飛ばす。

わたしとその手勢五〇名は那古野ではなく、別動隊としてまったく別の場所に待機していた。

「みな起きておりますわい。こんな時にこんな所で堂々と熟睡できるのは姫様ぐらいのものですぞ」

じぃが苦笑をこぼす。

今、わたしたちがいるのは清須山王宮《さんのうぐう》日吉神社。

天文十一年の現時点ですら、創祀《そうし》して実に八〇〇年近くになるという由緒正しい神社であり、武衛様の仇である織田信友がいる清須城まで徒歩一〇分ほど、まさに目と鼻の先の場所だった。

「やはり姫様の肝には毛が生えてらっしゃりますな。それもぼうぼうに」

「その表現は女の子にするものではないと思う」

いくらわたしでも、さすがに不服である。

単に前々世での岩村城での数ヶ月に及ぶ籠城戦で、オンオフの切り替えを身をもって学んだだけである。

息を抜くべき時は息を抜く。眠れる時は眠る。食べられる時は食べる。

それができなければ、どんどん消耗してしまう、と。

「ふはは、これは失敬。ですが、心より感嘆したのは本当です。まったく頼もしい限りですわい」

「ありがと。まあ、起きてるなら話が早いわ。こっからは堂々と行くわよ」

「はっ。ご随意に」

早速わたしたちはかがり火を焚いて、清須城へと行軍を開始する。

そういえば、前々世での夫、秋山虎繁は、秋山信友って名乗ってた時もあったんだよなぁ。

前々世での初陣も敵は『信友』で、今回も『信友』か。

奇妙な縁もあったものである。

ちなみにわたしが乗るのは、ちょっとした作戦もかねて四人で支える輿である。

金銀や漆などで装飾を施された豪華な代物で、特別に信秀兄さまから貸してもらったものだ。

着ている服は織田家の家紋をあしらった、桜色を基調にした豪華絢爛な打掛《うちかけ》姿だ。

あえて鎧ではないのは、とある策を実行するには女であることを強調したほうが都合がいいからである。

織田弾正忠家ってのは美形揃いで、わたしもそこそこ見目が整ってるらしく、結構、かわいいかわいいと皆から褒めてもらった。

ちょっと照れ臭いけど、ま、たまにはこうやって着飾るのも悪くないかもね。

わたしもまあ、一応は女ってことなんだろう。

「ふふっ」

愛馬でわたしの輿に並走するじぃが、不意に笑みをこぼす。

「どうしたの？　いきなり笑ったりして」

「いや、此度《こたび》の策、実に姫様らしいと申しますか、我ら男には到底考えつかぬものでしたからな」

「そう？　別にどこにでもある策だと思うけど？」

きょとんとわたしは問い返す。

今回のわたしの提案した策は、戦国時代に実際に行われた作戦の焼き直しである。

まあ、わたしなりにちょこぉっとアレンジ加えたけどさ、そんな大したものでもないと思うんだけどなぁ。

「いやぁ、初陣でこんなことをやろうなんて言い出すのは、後にも先にも姫様ぐらいのものかと。男には面子というものがございますれば」

「ふ～ん、そんなもんなんだ」

あんまりピンとこず、わたしは曖昧に返す。

男ってのも、随分めんどくさいのねぇ。

確かに戦国時代の武士って、二一世紀からは考えられないほど面子を気にするもんなぁ。

でもわたしからすれば、そんなよくわからない面子なんかより、勝ててかつ被害が少ないほうがはるかに重要なのだ。

「おっ、ちょうど空が白んで参りましたな。どうやらあちらさんは随分とこちらに興味津々のようですぞ」

じぃの言う通り、いつの間にか空が暗い水色となっていて、視界に清須城の惣構《そうがま》えが姿を現していた。

堀と土塁がぐるっと城下町を囲み、その中にいくつかそびえたつ物見矢倉では、当番と思しき兵士たちがこちらを見て慌ただしくしている。

「こちらに気づいたのなら、好都合ね。じゃあここらで一発かましてあげるとしますか」

そう言ってわたしが山を寄せたのは、長さ一メートルはあろうかという円錐型の青銅製の筒である。

さすがに幼児に持ち上げられる重さではないので支え付き。

戦場では声を張り上げることはしばしばあるが、さすがに肉声で大声を張り上げてたら喉が潰れるので、加藤順盛殿経由で鋳物師《いものし》に作ってもらっておいた青銅製のメガホンである。

備えあれば憂いなし、だ。

「みんなー、一応、耳ふさいでてねー」

メガホンを通してわたしは注意を述べ、すうっと大きく息を吸い込み、

「逆賊！　織田信友ぉっ!!」

メガホン越しに思いっきり叫ぶ。

びりびりびりっと空気が揺れるのが、自分でもわかった。

物見矢倉の兵士たちもびくっと身体を震わせるのが見えたので、きっちり声は届いたっぽい。

除夜の鐘などを思い出してもらえばわかりやすいが、青銅という金属は音をけっこう響かせる性質がある。

実験では一〇町（約一・一キロメートル）先まででも軽く声を届かせることができたし、この調子なら町中にも十分響いただろうし、織田信友の耳にも届いているだろう。

しかし、つくづくアイディアってのはちょっとした発想の転換だね。

わりと大声を出す時みんな口に両手を添えてたりするし、寺の鐘だって青銅製ばっかなのに、戦国時代のだーれもこれ思いつかなかったんだもんなぁ。

使いどころけっこうあるって思うのに。

おっと、そんなことよりまずは口上か。

きっちり大見得切ってやらないと、ね。

「わたしは織田信秀が妹、織田つやである！　織田大和守家は代々守護代を任された身にありながら、主家である武衛様を討つなど不届き千万！　私欲に溺れ天道に背くその罪、断じて許し難く！　天に成り代わり成敗に参りました！」

武衛様をモブキャラ扱いしていた自分がどの口で言うのかと我ながら思ったのだけど、こういうのは大義名分が大事だからね。

「さぁ、いざ尋常に勝負なさいっ！」

どこからどう見ても、まぎれもない宣戦布告である。

今ここに清須の戦いが幕を開けたのだった。


「逆賊！　織田信友ぉっ!!」

「な、なんじゃ、この声はっ!?」

突如、呼びつけられ、織田信友は寝床から思わず飛び起きる。

外はまだ薄暗く明け方のようである。

「俺を呼び捨てにしたのはどいつだ！　無礼者が！」

バァン！　と勢いよく障子戸を開けるも、そこにいたのは護衛の兵士たちのみである。

女の姿はどこにもない。

「今の声はいったい……」

「わたしは織田信秀が妹、織田つやである！」

「つ、つやだぁっ!?」

そういう名の信秀の妹には、何度か会ったことはある。

だが、まだ髪結いもしていないガキだ。

正月の時には生意気な口を叩いたので、ちょっと軽く仕置きしてやりもした。

それがいったい……!?

「織田大和守家は代々守護代を任された身にありながら、主家である武衛様を討つなど不届き千万！　私欲に溺れ天道に背くその罪、断じて許し難く！　天に成り代わり成敗に参りました！　さぁ、いざ尋常に勝負なさいっ！」

「ぐぬぅっ！　ええい、この不届き者を即刻俺の前に引っ立ててこい！」

好き勝手にこき下ろされ、元々短気でもあった信友は一気に激昂する。

かなり遠くから響いている感じはするが、そんなことは彼にとってはどうでもよかった。

重要なのは、この感じからして、まず間違いなく清須の城下町の連中もこれを聞いているであろうということである。

女ごときに馬鹿にされるなど、それも大勢の前でなど、彼の面子ぶち壊しである。

面子こそ武士にとって最も大事だというのに、だ。

到底許せるわけがなかった。

「も、申し上げます！」

そこに若い男が駆けこんでくる。

正直今はそれどころではなくうっとうしいと思ったが、無視するわけにもいかない。

「何事だ!?　今は忙しい。くだらんことなら……」

「山王宮のほうより、ざっと五〇人ほどの武装した兵がこちらへと向かってきております！」

「な、なにぃ!?　まさか、女のガキはいたか!?」

「女……え、ええ、確か先頭の辺り輿に乗ったとても艶やかな身なりのおなごがおりました」

「それだ！」

なんでもつやは素戔嗚尊の加護を受けたとかで、織田信秀に特別寵愛され、千貫以上もの領地を与えられたと聞く。

人数的にはちょうど計算が合う。

「ふん、信秀に認められちょっとばかり兵を得て、舞い上がりおったか小娘！　その思い上がり、すぐに正してくれる！　城内に陣触れを出せ！」

信友はバッと手を振って声を張り上げる。

清須城は今は多少落ちぶれたとはいえ尾張守護、そして守護代のお膝元である。

平時であろうと三〇〇人ぐらいの兵は詰めている。

五〇かそこらの敵勢など物の数ではない。

間違いなく鎧袖一触で踏み潰せるはずだ。

「わ、若殿、お待ちください。この大音声、面妖《めんよう》極まりない。何かの罠やもしれませぬ」

家来の一人がそう諫《いさ》めようとするも、

「ま〜だ〜？　女を待たせるなんて、やっぱり無粋な男ねぇ。それとも女相手に怯えて縮こまってるのかしらぁ!?　器も小さければ肝っ玉も小さい男ねぇ。ぷ〜くすくすくす!!」

「あんなものを捨て置けるものかぁっ！　そのほうが物笑いの種よ！　具足を持ていっ！」

割り込んできたつやの煽りに、再びプッツンする。

彼は極めて短気な人間ではあったが、この時代においてはことさら彼の判断が間違っているとも言い難い。

時は戦国乱世、舐められることはすなわち、求心力を失うことにつながる。求心力を失えば、他家に取って代わられる。

女の幼子に好き放題言われて城に縮こまっていた臆病者。

そんな風聞を立てられようものなら、一生その件で陰口を叩かれかねない。

戦となっても、臆病者より信秀様に付いたほうが賢明よ、となるのが落ちである。

断じて放置するわけにはいかなかったのだ。

そして当然、そこまで計算した上でのつやの策である。

そもそも、そういう理屈を抜きにしても小さな女の子にコケにされて、黙っていられる男でないことは、正月にリサーチ済みである。

信友ならば一〇〇パーセント引っかかる。

その確信が、つやにはあったのだ。

攻城戦は攻め手の被害も大きくなるし、なにより長期戦になりがちだ。それは是が非でも避けたいところである。

そしてまさにつやの狙い通りに、織田信友は城外へとまんまと釣り出されたのだった。

＊＊◉＊＊

「さすが主君を暗殺する卑劣漢、正々堂々と戦う性根は持ち合わせておられないようね！　こんな弱虫の家来をしている清須衆の方々が不憫《ふびん》でなりませんわ～」

ことさら馬鹿にした口調で、適当に思いついた言葉をわたしはメガホンを通して清須城に向けて放っていく。

結構楽しい。

新年の時には変な因縁つけられたしね。

その仕返しである。

「今ごろ布団でもひっかぶってガタガタ震えているのかしら？　それともお母さんのおっぱいでもしゃぶってる？　どっちにしても武士とは呼べませんわねぇ。おーっほっほっほっほっほっ！」

興が乗ってきたので、悪役令嬢風の高笑いをしてやる。

ああいうプライドが高そうな男は、こうやって嘲笑されるのが一番効きそうだし。

って、ちょっと、じぃ、なにドン引いてるのよ!?

「……わかっていると思うけど、演技よ、演技！　これをわたしの本性とか勘違いしないでよ？」

「わ、わかっておりますとも」

ぶんぶんと首を縦に振ったものだけど、本当かしら？

う〜む、これ以上やると、わたしにもダメージが来そうだなぁ。

今さらそれで婿が逃げちゃうなどと怯えることはないのだが、変な風評を立てられてヒソヒソ話されるのも楽しくはない。

さて、どうしよう？

そう思った矢先のことだった。

「姫様！　城門が開きますぞ！」

「あら」

じぃの言葉に振り返ると、ゆっくりと城門が開き、その奥にはずらりと鎧を着た足軽たちが並ぶ。

グッドタイミング！

我慢しきれずに打って出てきたらしい。

ぶぉぉぉぉぉっ！

敵陣より一本の矢がけたたましい音とともにこちらへと放たれてくる。

鏑矢《かぶらや》である。

源平合戦の頃は合戦前にこれを放つのが作法だったらしいけど、この戦国期には廃れて久しい。

そんだけわたしの臆病者扱いが気に障ったんだろうなぁ。

正々堂々、真正面からぶちのめしてやるという意思表示といったところか。

まあ、あっちのほうが明らかに人数は多いんだけど、その辺は目を瞑《つぶ》ってやろう。

こちらとしてもそれは望むところだしね。

「「「「おおおおおおっ!!」」」」

次いで鬨《とき》の声とともに、清須勢がこちらへと押し寄せてくる。

ざっと見た感じ三〇〇人ほどはいそうである。

よしよし、けっこう釣れたな。

「姫様、敵は見事にこちらの術中ですぞ。退《ひ》きましょう」

「いえ、まだよ」

じぃの進言にわたしは首を横に振る。

もちろん、手勢五〇人で信友軍を相手どろうなどとは考えていない。

勝てるわけがないしね。

煽っておいてなんだけど実は戦う気などさらさらなく、信友軍を城から打って出てこさせたら、とっとととんずらするのが当初からの予定である。

そして後方で必勝の陣を布《し》いている信秀兄さまの本隊のところにまで敵を誘導し袋叩きにする。

いわゆる島津家のお家芸『釣り野伏《のぶせ》』、それが今回のわたしの策だった。

だから最終的に退くのは全然いいんだけど――

「すぐに逃げたら策と怪しまれるわ。応戦する素振りぐらいは見せておきましょう」

罠だとバレたら、台無しもいいところだからね。

魚がつついたぐらいで竿を引いては逃げられてしまう。

竿を引くのはちゃんと食いついてから、だ。

「ははは っ、初陣だというのにその冷静さ、頼もしいを通り越して末恐ろしくすら感じますぞ」

「それほどでもないわよ」

じぃは手放しで称賛してくれるけど、わたしは淡々と返す。正直ちょっと居心地悪い。

だって初陣じゃないしね。

三度目にもなれば、そりゃこれぐらいでおたおたしないっての。

「馬廻り隊！　矢を射かけなさい」

扇で指し示すと、敵陣に向けて矢が射放たれる。

数はたった七本と少ないけど。

仕方ないじゃない、弓って結構習得まで時間かかるのだ。

うちでは使える人が少ないのである。

そのうちクロスボウとか作ったほうがいいのかしら？　でもすぐに鉄砲が入ってくるしなぁ。

まあ、いいや。そんなことは後で考えよう。

「その調子でじゃんじゃん撃ちなさい！」

わたしが号令をかけるまでもなく、我が陣営からは次々と矢が射放たれていく。

火縄銃やクロスボウとは違い、連射性があるのが弓の最大の長所である。

「「「「うおおおおおっ!!」」」」

だが、清須勢はまったく怯むことなくこちらに突っ込んでくる。

いや、むしろ勢いを増してるかも。

地面に水平に射たものでもなく、斜め上に射てなんとか届かせてるような矢だ。

数も少なく防ぐのは造作もないことだろうし、当たったところで致命傷にもなりにくい。

清須勢からしたら大したことないと思ったことだろう。

「こんなもんね。皆、退却するわよ！　ほら周りにも伝えて」

普通はこういう時は銅鑼を鳴らすもんなんだけど、今回はちょっと考えがあってあえて鳴らさない。

一万を超える大軍勢とかならともかく、五〇人程度なら伝言ゲームでもすぐに指示は行き届く。

「う、うわあああああ！」

「ひいいいいいっ！」

「こんなん勝てるわけねえだろぉ！」

途端、自陣から悲鳴が巻き起こり、だだっと人が駆けだす音が響き始める。

もちろん、演技である。

う～ん、所詮素人だからちょっと棒読みくさいなぁ。

でも、実際に敵は迫ってるし、多少は恐怖の感情が声に乗っている。

とりあえずは及第点かな。

「こらー！　逃げるなーっ！　敵は目の前よ、戦いなさい！」

メガホンを通して、わたしは声を張り上げる。

だが、兵たちの撤退は止まらない。

そりゃこれまた台本通りでしかないしね。

兵士たちには前もって、わたしはそういうことを言うけど、無視して武器を捨ててとっとと逃げなさいと強く強く言い含めてあるのだ。

「戻りなさい！　戻りなさいったらー！　……さて、こんなもんかしらね」

必死に慌てた声から一転、メガホンを離して素の口調に戻る。

うん、我ながらアカデミー賞物ではなかろうか。

清須勢も怪しむ様子もなく、どんどん距離を詰めてきている。

これ以上はさすがに危険だろう。

「じぃ、退くわよ！」

言いつつ、わたしは輿から、隣のじぃの愛馬へと移動する。

この輿はここに捨てていく予定である。

さすがにこれじゃあ速く移動できないからね。

さらに言えば、こんな豪奢な代物が乗り捨てられていれば、信友はきっとよっぽどわたしが慌てて逃げたと思うことだろう。

彼を釣って信秀兄さまのところまで誘導できるかどうかが、この作戦の肝と言える。

ちょっともったいなくはあるが、その為の撒《ま》き餌《え》としてうってつけと判断したのだ。

「では、ゆきますぞ、姫様」

じぃが愛馬の首を巡らせ、一気に駆けさせる。

こうしてわたしの初陣は、敵と鉾《ほこ》を交えることもなく戦線を維持できず撤退という、なんとも不名誉なものとなったのだった。

男だったらまあ、恥ずかしくて外歩けないかもね。

でも、わたしは女だし全然問題はない。

さぁて後は仕上げを御覧《ごろう》じろ。

「戻りなさい！　戻りなさいったらー！」

「ぷっ、はははは っ！」

戦場に響くつやの声があまりに情けなさ過ぎて、織田信友は思わず吹き出さずにはいられなかった。

あそこまで偉そうに大口叩いておいて、これだ。

まったく愉快でたまらない。

胸がスッとする思いだ。

だが、だからといって終わらせてやるつもりはない。

「敵は戦う前から総崩れのようだぞ！　かかれ、かかれーっ！」

信友は軍配を掲げて、号令をかける。

またぞろ攻めてこられても面倒である。

逃げる敵は追いかけ完膚《かんぷ》なきまで叩きのめす。

それが戦場の習いであった。

「ああ、ただしガキは殺すなよ。捕まえて俺の下にひっ連れてこい！　生きて連れ帰ってきた奴には褒美として一〇〇貫文くれてやるぞ！」

にぃぃぃぃっと邪悪に口元をゆがめて、信友は言う。

あそこまで自分を小馬鹿にしてくれたのだ。

相応の罰は受けてもらわねばならない。

自分に逆らった奴はこういう目に遭う。

それを広く知らしめるのも為政者には大事なことである。

そう、仕方がないことなのだ。

悪いのはあの小娘のほうなのだ。

自分はそんな酷い罰などしたくないのに！

「くっ、くくく！」

脳裏に思い描いた罰の数々に、思わず笑い声がこぼれる。

楽しみで楽しみで仕方がない。

早くあの顔が苦痛に歪むのを見てみたい。

ああいや違う、反省した顔を、だ。

「所詮はガキのしたこと。殺すのはかわいそうだしなぁ」

織田弾正忠家の生まれの者には美形が多い。

例に漏れず、あのつやとやらも、幼いながらも容姿がかなり整っていた。

捕らえて側に置き、妾にしてやるのもいいかもしれない。

ああ、自分はなんて温情深いのだろう！

「信友様、つや姫が乗っていたと思しき輿が打ち捨てられておりました。他にも槍などが多数……」

「くくくっ、よっぽど慌てふためいておるようじゃな」

伝令の馬廻りの報告に、信友は思わずほくそ笑む。

「ははは っ、どっちが臆病者なんだかなぁ。まったく逃げ足の速いことよ。しかしこのまま逃がすのは俺の沽券《こけん》にかかわるな」

「その時は下河原まで追いかけてやればよいことかと」

「それもそうじゃな」

信友は側近の助言に大いに頷く。

清須から下河原まではそう大した距離ではない。

あんな遊水地ではろくな備えもあるまい。

このまま攻め込んで一網打尽にしてやるのみだった。

そうだ、むしろそれがいい。

戦った兵には恩賞で報いねばならない。

あの女の領地から一切合切を奪ってやるのだ。

男は殺し、女子どもは奴隷にし、売り払う。

これを聞いた時のつやの顔が今から楽しみだった。

きっと大泣きして、自らの軽率さを反省することだろう。

そうにんまりと笑い、粛々と兵を進めていく彼であったが、軽率なのは自分だということに気づいていなかった。

彼の思考はすべてつやの思惑通りにすぎないことを。

今まさに、つやの敷いた罠のど真ん中に誘い込まれているということを！

ヒュヒュヒュン！

ヒュヒュヒュン！

突如、左右から無数の矢が降り注ぐ。

ついで次々と草の陰に隠れていた兵士たちが起き上がり、

「「「おおおおおっ!!」」」

鬨の声とともに左右から雪崩《なだ》れ込んでくる。

「なっ!?　ふ、伏兵だとぉっ!?　ま、まさか……っ!?」

ここでようやっと、信友は獲物は自分のほうだったことに気づく。

だが、それでもなお、信じられなかった。

あの慌てて兵を呼び止める声が、演技だったというのか!?

輿も槍も捨ててまで逃げる兵が、陽動だとかわかるわけないだろう!?

自分は悪くない。自分は悪くない。

「「「おおおおおっ!!」」」

さらに前方からも、鬨の声が巻き起こり、次々と織田木瓜をあしらった幟旗《のぼりばた》が天を衝いていく。

織田木瓜は、織田家の家紋である。

自分たち織田大和守家の家紋でもあるが、敵方から上がるということは――

「の、信秀ぇっ！　謀《たばか》ったなぁっ！」

絞り出すような怨嗟の声だった。

そうだ、全てあの男のせいだ。

こんな卑怯千万な下劣な手を使うあの男が悪いのだ。

そう自分に言い聞かせる。

信友がそう考えたのは、無理からぬことではあった。

まさかあんな髪結いすらしていない幼女に自分がまんまとハメられたなどと、想像の埒外《らちがい》であったのだ。

＊＊ ＊＊

「牛印だ！　あれは味方である、絶対に攻撃するな！」

朝もやの中、前方に現れた軍勢を確認し、柴田勝家は鋭い声を飛ばす。

ざっと見るところ、だいたい五〇人強といったところか。

その中に一人、戦場にはあまりに不似合いな桜色の打掛姿の少女の姿をとらえる。

「ご無事だったか」

ひそかに胸を撫で下ろす。

戦場であれば、女子どもであろうと、肉親であろうと、敵であるなら容赦なく叩き斬る。

ためらえば、味方を危機に陥らせるだけ。

そう覚悟を決めている勝家ではあるが、そうは言ってもやはり、女子どもが悲惨な目に遭うのは心が痛むものだ。

見知った者であるならなおさらである。

とりあえず見たところ怪我もないようでなによりであった。

「っ！」

思わず勝家は目をみはる。

軍がすれ違う瞬間、つやがこちらを見てにっこりと微笑み、片目を閉じてみせたのだ。

自分は一際《ひときわ》身体がでかい。

その上、軍の先頭に立っている。だから自分に気づいたことそのものに違和感はない。

ただ、戦いの真っ只中、それもがっちがちに緊張するはずの初陣だというのに、茶目っ気たっぷりにそんなことをやってのける。

「男でもそうそういないぞ、ここまで肝の据わった者は！」

自分に怯まず気さくに声をかけてきたり、「鬼」を見ても態度を変えなかったり、ただのおなごではないと思っていたが、これはさすがに規格外である。

まるで歴戦の将のごとき落ち着き方であり、余裕ではないか！

「これは男として負けてられんな」

そう口にしてから、勝家は思わず苦笑いを浮かべる。

事前に聞いていたつやの策を思い出したのだ。

そんな思考では、まさしく彼女の術中に陥るのだろう、と。

それこそ――

「ふっ、まんまと引っ張り出されてきたか」

今まさにつやの軍に釣り出されて、前方に現れた信友勢のように。

「まあ、多少同情はするがな」

つやの大音声の罵倒は、勝家のいた場所にもこれでもかと響いてきていた。

女にあそこまで罵倒されたら、男として、一軍の将として、出撃しなければ面子が立たない。配下の信を失う。

そして逃げる敵を喜び勇んで追撃したら、何倍もの兵が包囲の陣形を布いて待ち構えているのだ。

男の矜持《きようじ》につけ込んで罠にハメる。なんともいやらしい策だ。

もっとも、これは最高の褒め言葉とも言える。

命を賭けた戦いに、卑怯もへったくれもない。

相手の嫌がることをするのが、戦術の基本中の基本にして奥義なのだ。

何をしても勝てばいいのである。

「さて、俺も自分の仕事をするとするか」

言いつつ、勝家は愛馬にまたがる。

柴田党は、先の安祥合戦の働きを評価され、此度の戦では有難くも信秀軍の先鋒を賜っていた。

先鋒は軍の先頭に陣取り、矢の雨をかいくぐって敵へと近づいていくという最も危険な任務であるが、だからこそ家中でも勇猛と評された者だけが任される誉れでもある。

本来であれば、父であり現柴田家当主の勝義が指揮するところであるが、現在病床の身であり勝家が代理で指揮を任されていた。

若輩だからとて、下手な戦をして柴田家の名を落とすことだけは避けねばならない。

勝家はすううううっと大きく息を吸い込み、

「刻《とき》は来た！　敵は織田信友！　守護代の身でありながら、主君であらせられる尾張守護斯波義統様を弑した大罪人である！」

敵の「悪行」を喧伝《けんでん》する。

大義名分は、戦において極めて大事である。

人は正義の側《がわ》に立ちたがる。

人は自らに正義があると思えば、奮い立つ。

人は正義に酔えば、簡単に無情で冷酷な虐殺者になれる。

「信友は信秀様の妹君おつや様の策にハマり、我らが三方から囲む場所へとまんまと誘い出された！　見ろ！　待ち構えていた我らの姿に敵兵たちは慌てふためいておるわ！」

勝家はビシッと槍の穂先を敵勢へと向ける。

まだ距離はあるが、強い動揺の気配がありありと伝わってくる。

これだけ露骨なら、兵たちも勝家の言葉に嘘がないことがわかったはずだ。

「正義も勝機も我らにあり！　さあ、槍を構えろ！」

叫び、勝家は振り返り、自らの家来たちの顔を眺める。

皆、気合の乗った眼《まなこ》をしていた。

士気は上々である。

戦の兵の大半を占めるのは農民だ。

戦いの専門家ではない。

だからこそ、危険な敵陣に突っ込ませるというのは、なかなかに難しい。

死ぬのはごめんと怖気竦《すく》む彼らを、こいつについていけばなんとかなるかもしれない、手柄を挙げられるかもしれないと乗せなくてはならない。

それが先陣に求められる務めであった。

これならいける！　そんな確信に勝家はニッと口の端を吊り上げ、再び大きく息を吸い込む。

「これより逆賊信友を討つ！　かかれーっ!!」

「「「「おおおおおおっ!!」」」」

勝家が槍を突き上げ馬を駆りながら号令を下すと、柴田党二〇名が勇ましい鬨の声とともに付き従う。

さらにその後ろには、前田党、内藤党、青山党と続く。

あっという間に敵との距離が縮まる。

この距離なら、敵兵たち一人一人の顔がよくわかる。

皆一様に恐怖に顔が歪み、完全に浮足立っていた。

「うおおおおおおっ!!」

咆哮とともに槍をブンブンと派手に振り回しながら敵勢へと突っ込む。

「ひっ!」

「きたっ!」

「どけ!　俺は逃げる!」

今の信友勢に、勝家の気迫と勢いに抗するだけの士気はもはやなかった。

まだ槍を交えてもいないというのに、すっかり恐慌状態に陥り、逃げ惑い始める。

「せいっ!」

気合の声とともに、勝家は手に持っていた槍を一閃する。

馬の突進力と自らの剛力で、三人ほどまとめて無理やり胴体を真っ二つにする。

弱者を殺すのは趣味ではないが、戦は敵の心を折ることこそが肝である。

実際、戦において死者の数は両軍合わせても一割に満たないのが常だ。

要は敵兵を怖気づかせて退かせたほうが勝ちなのである。

だからこそ、圧倒的な力でねじ伏せる。

そうやって、こいつには勝てない!　勝てるわけがない!　と強烈に印象付け、敵に逃げるしかないよう仕向けるのだ。

「さあ、俺の槍の錆になりたいやつはどいつだぁっ!」

その為なら、勝家はいくらでも「鬼」になる。

一切の容赦をせず人を斬り続け、強烈に恐怖を植え付ける。

それが最善ではなくとも、戦を下手に長引かせず、犠牲者を減らせると信じて。

＊＊

先陣を切る柴田党の鬨の声に呼応するように、両翼に配した佐久間党、林党も鬨の声をあげ、ドドドドッと兵たちが進む地響きが轟いてくる。

「「「「おおおおおおおっ!!」」」」

「「「「おおおおおおおっ!!」」」」

「これは勝ちましたな」

「ああ、随分と楽な戦よ」

傍らに立つ弟、織田信光の言葉に、信秀はふっと小さく肩をすくめてみせる。

戦場において油断が禁物なのは百も承知であるが、この状態で負けるのはさすがにあり得ない。

中央の本隊に一五〇〇、左右にも五〇〇ずつの兵を配置し、敵をその中心まですでに引き込んでの一斉攻撃である。

相手の手勢はざっと三〇〇ほど。

これで負けたら世の戦術を全て一から作り直さねばならなくなるという状況だった。

「全てはつやの筋書き通り、か。ははっ、まったく我らが妹は末恐ろしいですな」

信光が乾いた笑みをこぼす。

織田信光は現時点において、織田弾正忠家随一と評される猛将である。

戦場での武勇に限るなら、信秀とて敵《かな》わない。

それほどの男でさえ、畏怖を感じずにはいられなかったのだ。

「あれが女に生まれたことをわしは天に感謝しておるよ。男であれば、殺さずにはいられなかったかもしれん」

信秀は自らの首を押さえつつ嘆息する。

半ば以上は本音である。

戦国大名にとっては、優秀すぎる弟というのは最も自分の立場を脅かす存在なのだ。

「ふふっ、いや、なんだかんだ言ってつやが男であったとしても、兄上は殺せませんよ」

「ほう?」

「わしも犬山の兄者も、何事もなく今も生きておりますからな。特に犬山の兄者は、事あるごとに兄上に突っかかっておったというのに」

昔を思い出したのか、かかっと信光は笑う。

犬山の兄者とは、信秀の弟で信光の兄、犬山城主織田信康のことである。

彼もまた信秀同様、政治・軍事ともに辣腕を振るう切れ者だった。

「やれやれ……すっかり皆に見抜かれとるのぅ。わしの甘さは」

「優しいのですよ、兄上は」

「ふん、この戦国乱世で優しさは罪よ」

自嘲気味に信秀は鼻を鳴らす。

今から思えば、今回のようなことは一〇年前、達勝が台頭する信秀をよく思わず勝端城《しょばた》に攻めてきた時に片付けておくべきことだったのだ。

それを主家だからとなあなあで和睦を許してしまった。

あそこで妻を離縁して大和守家に戻すなどせず、入り婿として乗っ取っていれば、この一〇年、もっと自由に動けたはずだし、権力も弾正忠家に集中できていただろう。

「ならばその認識、他家の者たちにはここらで改めていただくとしましょう」

「そうじゃな。信友には……死んでもらう」

そのことを口にするのにも、覚悟が必要だった。

信友は織田因幡守家の出である。

血筋だけで言えば、同じ織田の姓を冠していても、弾正忠家とは関係はかなり遠い。

だというのに、一族を殺すことに抵抗を覚えている自分がいる。

それがなんとも口惜しい。

自分の甘さが本当に嫌になる。

だが織田弾正忠家の当主として、ここは断固として実行せねばならないことだった。

「ふむ、つやは本当に、我が織田弾正忠家のために素戔嗚尊様が遣わしてくださったのかもしれませぬな」

「これまで神など信じておらなんだが、そろそろ熱田には足を向けて寝れんな」

「まったくでござる」

二人がフッと笑みをこぼしあったその時である。

「「「「うおおおおお！」」」」

前線のほうより一際大きな鬨の声が上がる。

どうやら戦局が動いたらしい。

おそらくは敵が潰走《かいそう》を始めたのだろう。

すでに包囲の真っ只中で、あの「鬼柴田」の突撃を受けたのだ。

兵の心が保つわけがない。

「殿！」

しばらくして前線のほうより騎馬武者が駆けてくる。

信秀の側近、馬廻り衆の一人だ。

騎馬武者は信秀の下にくるや馬を飛び降り、ひざまずいて言う。

「清須勢が敗走しました！　我が軍の大勝利です」

「ほう！　やったか！」

信秀の隣で、信光が感嘆の声を漏らす。

だが信秀にしてみれば、すでに予想した結果である。

そんなことよりもっと気になることがあった。

「報告ご苦労。で、信友はどうなった？　討ち取ったのか？　それとも捕縛したのか？」

「織田信友はどうやら開戦早々に手勢とともに退却してしまったらしく……」

「普段威勢だけはいい癖に！　逃がしたのか!?」

「は、はい、追撃はかけておりますが、さすがに我らが追いつく前に清須城に入られてしまうかと」

「えええいっ！」

信秀は苛立たしげに、手に持っていた馬鞭《ばべん》を地面に叩きつける。

この戦の目的は、あくまで織田信友である。

彼を捕らえるなり討ち取るなりしなければ、いくら勝ったところで意味がないのだ。

「ここで決めておきたかったのじゃがな」

「確かに。攻城戦となると、いささか厄介ですな」

「いや、おそらくそうはならん。ただ……」

「ただ？」

オウム返ししてくる信光に、信秀は苦虫を嚙み潰したような顔で嘆息し続ける。

「初陣のつやの思惑通りに全て進んでおるのが面白くない。これではわしらの立つ瀬がなかろう？」

「はあ……はあ……」

織田信友は息も絶え絶えに馬を走らせていた。

三〇〇いた手勢は散り散りとなり、そばにいるのはわずか一〇人足らず。

大敗も大敗、大惨敗である。

が、背後を振り返っても追手の姿は見えない。

窮地は脱したのだ！

「ふっ、ふはははっ！　残念だったなぁ、信秀ぇっ！」

安堵とともに、気が大きくなり、笑みがこみあげてくる。

信秀としては、ここでなんとしても自分の身柄を押さえておきたかったはずだ。

なぜならば——

「斯波の赤子二人。こやつらを俺が握っている限り、貴様は強攻策には出れんよなぁ」

最大の切り札が、すでに信友の手の内にあるのだから！

正式な尾張の支配者斯波氏から代わりに統治せよと任されているというのが、織田大和守家の尾張統治の名目である。

その織田大和守家になり代わり守護代になろうとしている信秀としては、万が一にも斯波氏嫡流の二人を殺されるわけにはいかない。

大義名分を失ってしまう。

だとすれば結局、和睦交渉になるはずである。

そこでも、信友には切り札があった。

織田大和守家は、足利将軍家に幾度か恩がある。

その後見である六角氏にしても、お隣の北伊勢に領土を持ち、信秀の伸張を快くは思っていないはずだ。

和睦命令を出すことを頼めば、否とは言わないだろう。

そして、これには信秀も逆らえない。しぶしぶ受け入れざるを得ない。

つまり、清須城に籠もってさえしまえば、こちらの負けはなくなるのだ。

そう、清須城に籠もってさえしまえば――

「なっ!?　なぜ城門が閉じている!?」

有り得ないことだった。

嫡養子である自分が出陣しているというのに城門を閉じるなど、あってはならぬことである。

しかも物見矢倉の上では、兵士たちがこちらに向けて矢を構えていた。

それに城壁に立ち並ぶあの旗はなんだ!?

あり得ないあり得ないあり得ない！

戦いが始まる前に目の当たりにし、目に焼きついた牛を象った家紋――

につくきつやのものだった。

時は一刻（二時間）ほど巻き戻る――

「よし、行ったようだな」

つやの軍を追って駆けて行った清須勢の背を見やりつつ、成経はニッとあくどく笑う。

彼とその手勢一〇名はつやの密命を帯び、彼女の元を離れ、まったく別の場所にいた。

清須城の東に一〇町（一・一キロメートル）ほど、実家の佐々家の軍の陣頭である。

「ったく、全ては姫さんの思惑通り、ってか。これでまだ八つだってんだから、自信なくすぜ」

成経は苦笑とともに肩をすくめる。

明け方、つやたちがわざと目立つように接近し騒ぎ清須勢の注意を引き付け、信友を城兵ごと外に釣り出す。

その城兵は南で鶴翼《かくよく》の陣で待ち構えてる信秀率いる本隊が包囲殲滅し、別動隊である自分たちが手薄になった清須城をぶん獲る。

それがつやの作戦の全貌であった。

言葉にしてしまえば単純ではあるが、敵を思惑通りの方向に心理誘導をする餌が細部に散りばめられている。

罵倒だの、輿を捨てるだの、槍を捨てるだの、悲鳴の演技指導だの。

いちいち芸が細かすぎる。

こんなのをやられたら、戦上手とされる織田信秀や斎藤道三でさえ引っかかるのではないだろうか。

「んじゃ、兄貴、俺たちも行くとしようぜ」

ドンッと隣に立つ男の胸板を叩く。

普通の男ならよろめきそうなそれを受けても、しかし男はビクともしなかった。

「ああ」

男は無骨に端的に返す。

筋骨隆々というに相応しい体躯《たいく》の持ち主で、年の頃は二〇を少し過ぎたぐらいか、顔立ちそのものは成経によく似ているのだが、眉間に深いしわが刻まれ口もへの字口と、生真面目で厳格な印象が強い。

彼の名は佐々成吉《なりよし》。成経の兄であり、井関城を治める佐々家の現当主である。

その後ろに控えるは、佐々家の手勢五〇名。

すでに鎧を身に着け槍を立て、戦闘準備万端だった。

「さぁて、暴れるぜぇっ！」

「ちょっ、待ってください、成経殿！」

早速踏み出そうとした成経だったが、同僚の太田牛一に前を塞がれる。

彼もその弓の腕を買われ佐々党に加わっていた。

「役目はわかっていますね？」

ちなみに、成経のお目付け役でもある。

正直鬱陶しい限りだが、つや直々の抜擢である。

無視するわけにもいかず、成経は面倒くさげに返す。

「あぁん？　斯波の若君の救出、だろ？」

それがつやから二人に最重要と与えられた任務だった。

『あの織田信友に勝つぐらい、ぶっちゃけ居眠りしてたってできるのよ。そんなのよりはるかに大事で、断トツの大手柄《プッツンばか》は、武衛様の遺児を確保すること。これに尽きるわ』

下河原の屋敷で、出陣前につやが言っていた言葉だ。

目の前の戦いだけではなく、今後まできっちり見据えている。

その視野の広さにはただただ脱帽である。

『成経、あなたはわたしたちと逃げたい？　城で戦いたい？　聞くまでもないわよね？』

そう悪戯っぽく問うつやの顔も思い出し、成経の口の端が吊り上がっていく。

まだガキだというのに、つくづくいい女だと思う。

佐々成経という人間をよくわかっている。

逃げるのも兵法だと頭ではわかってはいるが、性には合わぬ。

武門佐々の家に生まれた者として、男らしく、血沸き肉躍る戦いに身を晒し、手柄を挙げることこそが、彼の本懐だった。

自分たちの働きいかんで、尾張の勢力図が激変する。

よくぞこんな武士にとって最高の晴れ舞台を用意してくれたものだった。

これで燃えなかったら男ではない。

「よし、佐々党、出るぞ。俺に続け」

成吉の号令とともに、佐々党が清須城へと静かに忍び寄る。

物見矢倉の見張りも、意識は遠くの合戦に向いているのか足元がお留守でまったくこちらの接近に気づいていない。

「なっ!?　曲者!?」

「敵襲ー！　で、出あえっ！　出あえっ！」

二人いた門番がようやくこちらに気づくが、もう遅すぎる。

「ぐはっ！」

「がふっ！」

それまでとは打って変わって一気に駆け寄り、成吉は槍の柄で、成経は石突《いしづき》でそれぞれ一撃で門番を昏倒させ、そのまま雪崩れ込むように城内に侵入する。

「よし、すぐに城門を閉じろ！」

全員入城するや成吉の命が飛び、家来たちが数人がかりで城門を閉鎖する。

これで信友たちはもう、信秀たちにこてんぱんにされ逃げ帰ってきたところで、城に入ることもできなくなったわけだ。

まさしく袋のネズミである。

「兄貴！　ここの守りは任せた！」

「任せておけ。それよりお前こそ……かかるなよ？」

成吉が念を押すように言う。

父成宗にも、出陣前に言われた言葉だった。

「ったく二人とも心配しすぎだっての！」

「ならいいが、な」

「ふん、大手柄あげて佐々の名を轟かせてきてやんよぉ！」

グッと拳を突き上げ、成経とその手勢一〇名、そして兄から借り受けた佐々家の足軽一〇名は、本丸の方へと駆け出す。

まったく大きな体軀に似合わず、心配性な兄貴である。

武士としては、少々優しすぎるのではないかとこちらのほうが心配になる。

だが戦えば、世辞抜きに強いのは間違いない。

まだ成経も、木剣での試合では五本に一本しか取ることができないのだ。

そんな兄が守ってくれているのなら、まず突破されることはないだろう。

後顧の憂いなく、斯波家の跡継ぎ救出に専念できるというものだった。

「あん？　まだついてくんのかよ？」

ふと隣を見れば、牛一が並走してきていた。

成経は脚力には相当自信があるほうだが、それについてくるとは生意気である。

「当たり前です。拙者は貴方のお目付け役ですから」

「けっ、ちゃんと任務は覚えてるっての。お前は城門を守ってな」

牛一は弓の名手ではあるが、白兵戦はそこまででもない。

城門の守りこそが適材適所というものである、という冷静な判断からの言葉であったが、

「前に言った通りです。鶏頭《にわとりあたま》の貴方は役目を忘れそうですから」

「けっ、やっぱいずれてめえとは決着つけないといけなさそうだな？」

やはりどうにも、こいつとは根本的に反りが合いそうにない。

言葉のいちいちがムカつくのだ。

一回締めなければ気が済まない。

「別に拙者はその必要を感じません」

しれっと冷静に返してくるところも気に入らない。

「意見の相違だな。まあ、いい。てめえとの決着は後だ」

敵より先にこのいけすかない野郎を叩きのめしたいところだが、さすがにこの場でそんなことをしたら武門佐々の名に傷がつく。

兄からもつやの期待を裏切るなと念押しされてもいる。

成経としてもそれは、本意ではない。

ぐっとこらえて、手勢二〇名とともに、どんどん清須城の奥深くへと侵入していく。

すでに大半の兵は信友とともに出払っているのだろう、全く守兵に出くわさない。

順調と言えば極めて順調なのだが、

「ちっ、もっとばったばった敵を薙ぎ倒して突き進むみたいなのがよかったんだがな」

「物騒なことを言わないでください。戦わずに済むならそれに越したことはないです」

「ふん、臆病者が」

「無謀な蛮勇よりましです」

あー言えばこう言うとは、まさにこのことを言うのだろう。

まったくうざったいことこの上ない。

「っ！」

どう言い返してやろうかと思案しかけた瞬間だった。

成経はその場に急停止し、その障子戸を睨む。

「ここだ」

「ここ？　いえ、信秀様から頂いた見取り図では、武衛様のお部屋はもっと奥……」

「いや、ここさ。俺の嗅覚がそう言っている」

「何の説明にも……」

抗議する牛一を無視して、成経はバァン！　と勢いよく障子戸を開く。

そこには眠る赤子を抱えた、身なりのいい老人がいた。

ついで畳を持ち上げた武士が二人、こちらは老人の近習《きんじゅ》（護衛）といったところか。

畳の元あった場所には、なんとも不自然な穴が開いていた。

間違いなく、緊急時の抜け道だろう。

「当たりだな」

成経はニッと獰猛な笑みを浮かべる。

今、この状況で真っ先に逃げ出そうとしている身なりのいい老人こそ、現織田大和守家当主、尾張守護代、織田達勝であり、眠る赤子は、次の尾張守護となる、斯波義統の遺児にまず間違いなかった。

「……よくわかりましたね」

隣では、牛一が驚きに目を見開いている。

してやった感じであり、なかなかに気分がいい。

「なんか臭ったのさ」

成経はトントンと自らの鼻を叩く。

もちろん、比喩ではある。

中から複数人の人の気配がしたこと。かすかに小さな物音がしたこと。

あえて言えばそんなところか。

しかしそれは、他の部屋の前を通過した時にも感じなかったわけではない。

ただ、この部屋だけは、ここだ！　とわかったのだ。

その理由を詳しく言葉にすることは出来ない。

成経の勘が強く訴えた、としか。

だが、それでいいと成経は考える。

戦場で戦っている最中に、いちいち理由など考えている暇はないのだから。

「ほんっと動物みたいな人ですね。前世は犬か何かですか？」

「ちっ、もう少しましなたとえはねえのか、この唐変木《とうへんぼく》！」

成経は忌々しげに舌打ちする。

素直に褒めればいいのに、憎まれ口を叩きやがる。

せめて格好よく狼とでもたとえてくれれば、こちらも気分よく聞き流せたというのに。

つくづくこの男は、自分をイラつかせる天才だと思った。

「ま、今はこっちが先だな」

今はこんな奴の相手をしている暇はない。

最高の獲物が、目の前にいるのだから。

「殿！　私たちが引き留めます！」

「若様とご一緒にお逃げください！」

近習たちが畳を放り捨て、刀を抜き放つ。

成経ほどになれば、構える姿を見ただけで、ある程度、相手の力量は読み取れる。

さすがは守護の護衛を務めるだけあって、なかなかの手練れではある。

だが――

「逃がすかよっ！」

ダンッ！　と床を蹴って、成経は一気に護衛たちとの距離を詰める。

手練れ相手には少々不用意な仕掛けだが、ここで時間をかけては達勝に逃げられる。

ならば先手必勝しかなかった。

「おらぁっ！」

咆《ほ》えるとともに、上段から思いっきり振り下ろす。

キィン！

見え見えの一撃は当然、相手の刀で受け止められるが、

「ふんっ！」

「なっ⁉　ぐあっ！」

力任せに押し切り、相手の肩口から胸元までをばっさりと斬り裂く。

鮮血とともに、近習の一人が倒れ伏す。

ひとまず奇襲成功である。

こちらの勢いと腕力を見誤ったのだろう。

成経は一見細身ではあるが、腕相撲では誰にも負けたことのない剛力の持ち主なのだ。

「よくもっ！」

「おっと！」

もう一人が斬りかかってきたのを成経は上体を反らして紙一重でかわす。

本来であれば一旦後ろに下がって仕切り直すところだが、時間をかけていられない。

「せあっ！」

成経は上体を起こすのと同時に、神速の突きを繰り出す。

が、近習も手練れである。

仕掛けがやはり甘かったらしく、すいっと身体を半身にしてかわし、袈裟斬りを仕掛けてくる。

「ちぃっ！」

これはかわしきれそうにない。

急いては事を仕損じるとはまさにこのことを言うのだろう。

殺られる！

そう思った瞬間だった。

近習の身体が後ろに突如のけ反る。

その右肩には、矢が突き刺さっていた。

その一瞬の隙を見逃す成経でもない。

「うおおっ！」

咆えると同時に、即座に体勢を立て直し近習に斬りつける。

利き腕を負傷した彼に、それを防ぐ術《すべ》はなかった。

「はあはあ……」

倒れた相手が血の海に沈むのを見下ろしつつ、成経は息を整える。

今のはかなり危なかった。

「一人で突っ込みすぎですよ」

後ろからやれやれといった声が聞こえてくる。

後ろを見ないでもわかった。

矢を放ち、自分を救ってくれたのは牛一だった。

「うるせえ！」

苛立たしげに、成経は叫ぶ。

不倶戴天《ふぐたいてん》の相手に助けられるなど、屈辱以外の何物でもなかった。

なかったのだが……

「……けどまあ助かった。一応、礼は言っとく」

ぼそっとぶっきらぼうに、背中越しにそれだけ返す。

牛一に礼を言うのは癪ではあったが、助けてもらっておいて礼すら言わないなど、男としてあまりに格好悪すぎる。

武門佐々の人間として、そんな男に成り下がるわけにはいかなかった。

「あなた……礼が言えたんですね」

「～～っ！　てめえとはやっぱ後で決着つける！」

素直に礼を言ったらこれだ。

ほんとムカつく男である。

だが、彼がいなければ危なかったのもまぎれもない事実だ。

（親父や兄貴の言う通り、ちょっとかかっていたのかもな）

確かに手練れではあったが、本来の成経であれば完封できる相手ではあった。

さらに言えば、牛一や配下たちと連携して戦えば、より危なげなく仕留めることができたはずである。

初陣、そのうえ大手柄を前に、冷静さを欠いていた、ということだろう。

だが一方で、仕方なかったとも思う。

「あ……あああ……」

抜け道の入り口あたりで、達勝が絶望した顔で固まっていた。

赤子を抱いたままということもあって、ハシゴを降りるのに手こずったのだろう。

冷静に必勝を期して臨んでいれば、それだけ敵に猶予を与えるということであり、逃げられていたかもしれない。

禍を転じて福と為す、だ。

「くっ！」

我に返った達勝が、慌ててハシゴを降りようとするが、

「逃がすかよ！」

成経は咄嗟にその襟首を引っ摑み、力任せに引っ張り上げ畳へと放り捨てる。

「ぐあっ！」

「成経殿!?　若君もいるのですよ!?」

「ちゃんとその辺は計算したっての！」

目くじらを立てる牛一に反論を返しつつ、成経は尻もちをつく達勝の鼻っ柱に愛刀を突きつける。

「王手、だな」

「ぐっ、ぐぐぐっ……」

「親父ぐらいのじじいを殺すのは俺も寝覚めがわりい。投降して若君をこちらに渡しな」

鼻先に迫った刀身に怯む達勝に、成経は降服勧告する。

達勝がそれでも助けを求めるように左右に視線を泳がす。

だが、当然の事ながら、彼の味方はもうここには一人もいなかった。

「～っ！　これまで……か」

打つ手なしと悟った達勝が、がっくりと項垂《うなだ》れる。

ここに、清須城の戦いは幕を下ろす。

逃走していた織田信友も、城門を閉ざされ立往生していたところを、追いつかれた信秀の本隊にあっさりと捕縛された。

織田弾正忠家の完全勝利である。

作戦の立案から囮役、そして清須城の奪取と相手の総大将である達勝の捕獲に、斯波家の遺児の救出と、まさに八面六臂《はちめんろっぴ》の大活躍を初陣から見せつけた織田つやの名は、すぐさま尾張のみならず近隣諸国にも轟くこととなる。

「まさか貴方がたをこうして見下ろす日が来ようとはな」

占領した清須城の中庭にて、信秀兄さまは縄で縛られござに正座する達勝様、信友親子に何とも言えない哀れみの眼差しを向ける。

遠縁とは言え間違いなく血の繋がった親戚であり、主筋でもあった二人だ。

色々思うところがあるのだろう。

「達勝殿。貴方とは一応、主従の関係にあり、一時は義父と仰いだ方でもある。殺すのは忍びない」

「お、おお！」

生気のなかった達勝の顔に、喜色が浮かぶ。

殺されるかもと覚悟していただけに、ほっと安堵したのだろう。

「お主は昔から優しい男じゃったな。儂は信じておったぞ」

「貴方には二つの選択肢がある」

助かるとわかった途端、調子のいいことを言い出す達勝様に、信秀兄さまはしかし、表情一つ変えず冷たく突き放すように二本の指を立てる。

「一つ。わしを養子に迎え、尾張守護代の地位を即刻明け渡し、古渡城の一角に蟄居してもらう」

蟄居とは外出を禁止し、部屋に閉じ込めることをいう。

元の身分に相応の部屋や、身の回りの世話をする者はあてがわれるので暮らし自体は問題ないが、言ってしまえばただの幽閉だ。

これからの余生をずっと一つ所に留まるというのは、なかなかにつらいことではある。

「二つ。これを拒否するのであれば、武衛様暗殺の共謀者として処断する」

「一つ目！　一つ目じゃ！　守護代はおぬしに譲る！」

信秀兄さまの言葉にかぶせるような即決即断だった。

まあ、死と幽閉の二択だったら、普通は考える余地もないわよね。

「物分かりがいいようで助かる。勝家、連れていけ」

「はっ。達勝様、お立ちください。古渡城まで護送させていただきます」

勝家殿が達勝様を中庭から連れ出していく。

残された信友が、捨て犬のような目で養父を見送る。

殺されるかどうかの瀬戸際で、唯一の味方がいなくなるのだ。それは不安で不安で仕方ないのだろう。

「さて、信友」

「っ!?」

冷たく名を呼ばれ、信友はビクゥッ！　と身体を大きく震わせ、おそるおそる信秀兄さまのほうに顔を向ける。

そんな信友を、信秀兄さまは感情のない目で見下ろし、淡々と告げる。

「その方は主君である斯波義統様を自らの保身の為だけに弑した。その罪、到底許されるものではない。市中引き回しの上、磔刑《たっけい》に処す！」

「〜〜っ！」

覚悟はしていたのだろうが、いざ言い渡されるとショックではあったのだろう。

ただでさえ青ざめていた信友の顔が、今にも倒れてしまいそうなぐらい蒼白になる。

でもまあ、因果応報ではある。

まっとうな大義があるのならいざ知らず、信秀兄さまが告げたように、自らの保身の為だけに主君を殺したのだから。

「信秀！　いや、信秀様！　ゆ、許してください、で、出来心だったんです！」

ガバッと地面に額をこすりつけて、信友は懇願を始める。

そのあまりの稚拙さに、わたしは思わず呆れざるを得なかった。

まだ領民や腰元などを誅殺したとかなら、今の時代それも通るかもしれないが、主君を手にかけて「出来心だったから」など通用するはずがない。

子どもの言い訳のほうがまだマシだった。

「お前、いや、貴方様に敵わないことはもうわかりました！　これからは心を入れ替え、家臣として心よりの忠節を誓います。だ、だから命だけは！」

「貴様のような短気で粗暴な馬鹿は、家臣にいらん。邪魔だ」

信秀兄さまは失笑とともに吐き捨てる。

自分がまだ役に立つと思っているのが、滑稽だったのかもしれない。

「で、では義父上と同じ蟄居で！　いや、追放でもいいです！　だ、だから命だけはっ！」

「貴様だけは救えんよ、信友。せいぜい処刑までの間、自らのしでかしたことを悔いるがよい」

「〜〜っ！　俺が主殺しだというのなら、お前だってそうなるぞ!?」

命乞いが聞き入れてもらえないとなると、今度は逆切れし始める信友。

先程の「心よりの忠節」とはいったい？　である。

和紙並みに薄っぺらいものだったことは間違いない。

「同じ織田の一族ぞ!?　親族を殺すなどお前に人の心はあるのか!?　幼い頃は一緒に遊んだこともあるだろう！　そんな俺を殺すと言うのか!?　この人でなし！　鬼畜！」

今度は、良心に訴えかけながらの罵倒。

どうしてこういう奴らの追い詰められた時の反応というものは、こうもテンプレなのだろう。

自分たちの方がよっぽど良心などないのに、恥ずかしげもなく平気でそういうことを口にする。

「もう連れていけ。聞くに堪えん」

うんざりとした声とともに、信秀兄さまはしっしっと犬を追い払うように手を振る。

わたしも全く同感だった。

もう一秒とて、この妄言を耳にしていたくはなかった。

「親族殺しは地獄に落ちるぞ、信秀ーっ！」

そんな捨て台詞とともに、信友は中庭から連れ出されていく。

最後の最後まで、どこまでも見苦しい男だった。

これから彼は市中を引き回され、衆人環視の中で散々恥を晒した後、磔刑に処されることになる。

斬首のように苦痛が少ないものでも、切腹のように武士の名誉が守られる死でもない。

なかなか死ねず、激痛を味わい続ける残酷な処刑法である。

だがあまり、同情する気にはなれなかった。

そういう意味では、ああいう男でむしろ助かったとは言える。

そのことにわずかの罪悪感も抱かずに済むのだから。

＊＊◎＊＊

「今や織田家中は姫さんの話題で持ちきりっすよ。女孔明だって。唐土《もろこし》でも最高の知将に例えられるたぁ、か～、羨ましい！」

信友への沙汰言い渡しを見届け、下河原の屋敷への道すがら、護衛の成経がく～っと興奮しきりに言う。

この時代の武士たちにとって三国志の英雄にたとえられるのは、最高の誉め言葉である。

有名どころだと、竹中半兵衛の『今孔明』、本多忠勝の『今張飛』などがそれである。

まあ、現代知識を流用してるだけのわたしには、ちょっと荷が重いかなぁ。

「なら、成経もいつか今関羽なんて呼ばれるよう精進するしかないわね。差し当たっては、孫子をそらんじられるようになるところからかしらね？」

「うげっ、藪蛇《やぶへび》だったか」

ふふっとわたしが悪戯っぽく笑って言うと、彼はなんとも嫌そうに顔をしかめる。

我が家中では、まだ一〇代の家臣には、朝晩半刻ずつ皆で勉学に励む時間を用意しているのだけど、成経はそこのサボりの常習犯なのだ。

「姫さんって意外と意地悪だよなぁ」

「あ～、確かにそういうとこあるかも」

なんか親しくなってくると、ついついその相手をからかいたくてからかいたくて仕方なくなってくるのよね。

わたしの悪い癖だ。

「まあ、でも真面目な話、武士として孫子ぐらいは暗記したほうがいいと思うけどね？」

「いや～、親父から良く説教されるんすけど、な～んかそういうの覚えちまうと、嗅覚がなくなる気がするんだよなぁ」

「へえ？」

まあ、天才肌の人間がよくする言い訳である。

だいたいはあくまで天才『肌』でしかなくて、結局、何も身につけられず何者にもならずに終わるのが常なのだが……。

「ふむ、なら、いいわよ別に。サボって」

「いいのかっ!?」

あっさり言うわたしに、成経は目を見開く。

まさかサボっていいなんて言われるとは、思ってもみなかったのだろう。

実際、成経以外だったなら、こんなことは言わなかった。

だが彼の嗅覚は、『本物』だ。

わたしのヤバさ、達勝の居場所、そう言ったものを理屈ではなく第六感的に嗅ぎ分けている。かなり精度高く。

お勉強ができるやつならいくらでも替えは利くが、成経の嗅覚は唯一無二と言える。

なら、それを失うほうがうちとしてはデメリットが大きかった。

「まあ実際、頭で考えると勘働きが途端に悪くなるってのは確かだしね」

そういうスランプ時期を乗り越えると、以前を超えた勘の精度を手に入れられたりすることもあるんだけど、失ったまま取り戻せないなんてケースも多い。

現代みたいに何度もやり直せるような世の中じゃない。死んだら終わりだ。

そんな博打は打てなかった。

「さっすが姫さん、親父と違って話がわかるじゃねえか！」

勉強しなくていいとなって、すっかりご機嫌になる成経。

父親であるじぃにもその手のお小言いっぱい言われて辟易《へきえき》していたのだろう。

現代科学でも、義務になるとやる気を失うってのは統計的に明らかにされてるし、ここまで嫌ならもう勉強をさせたところで活きる可能性はほとんどないだろう。

ならむしろ嗅覚を鋭くできるほうに進ませるべきだと思う。

それとなく、じぃにも説明して取り持ってあげるとするか。

「っ!?」

突如、成経が険しい顔になり、足を止める。

わたしも気になって成経の視線の先を追い、瞬間、ゾクッと背筋に寒気が疾った。

そこにいたのは、信長——吉法師である。

射殺《いころ》しそうな視線で、じっとわたしを睨んでいた。

「最近、ずいぶんと功をあげ、父上に可愛がられているらしいな！」

忌々しげに吐き捨てるように言う。

しかし、大した憎まれようである。

前々世の時、最期はともかく、幼少期は年も近くそこまで仲が悪くもなかったはずなんだけど。

まあ、能力主義、上昇志向の信長だしなぁ。

年下でありながら、自分より結果を出し父親に認められているわたしが、まさに目の上のたんこぶのごとく疎ましいのだろう。

なまじ親族で近しい存在なだけに。

「貴様が余計なことを父上に吹き込んでくれたおかげで、俺はしばらく美濃行きだ」

……あー、そういやそうだっけ。

武衛様暗殺からのごたごたで、頭の中からすっぽりスコーンと抜けていたわ。

あれ？　でも下剋上を認めないと言っていた先代武衛様はすでに亡くなっているし、織田大和守家も今まさに攻め滅ぼしたところである。

もうこいつを斎藤家の人質に送る必要ほとんどないような？

まあ、すでに一度取り決めた約定をこちらの都合で反故にするわけにもいかないのだろう。

約束破りは諸国の信頼を大きく損なう。史実における武田家のように。

信秀兄さまとしても、それは避けたかったのだろう。

とりあえず下剋上のほとぼりが冷めるぐらいまでは、といったところかな。

まだ美濃支配が安定していない斎藤家としては、織田家とのつながりを近隣諸国にアピールしてけん制したいところだろうし。

とはいえまあ、数え九歳の子供が両親や住み慣れた場所から離され、見知らぬ人間しかいない遠い土地に飛ばされるのだ。

そりゃ嫌で嫌で仕方ないに違いない。

わたしも普段なら、かわいそうにと思うかもしれない。

「へ～、ご愁傷様」

が、わたしは平淡な感情のこもらない声で、適当に返す。

こいつには前々世でも、今世でも酷い目に遭っているのだ。

さすがに同情する気には到底なれなかった。

むしろ怖いいじめっ子がお引越ししてくれるのである。

万歳三唱で送り出してやりたいぐらいだった。

そんなわたしのそっけない態度が気に障ったのか、吉法師はぎりっと奥歯を噛み締め、

「今はせいぜい勝ち誇っておけ。だが、俺は負けん。俺はいずれ天下を統《す》べる男だ。貴様ごときになど負けてはおれんのだ！」

自らに言い聞かせるように吼《ほ》えるや、吉法師は踵を返し去っていく。

宣戦布告ってやつか。

たったそれだけのことを言うためだけにわたしを待っていたのか。

暇というか、執念深いというか。

やれやれである。

まあでも、暴力を振るってこなくなっただけ、多少は感情を抑えられるようになったのか？

「なんともはや……うつけと聞いてたがとんでもねえ。さすがは尾張の虎の嫡男。大した覇気だ」

そう言う成経の顔は緊張に引き攣っていて、その頬を汗の珠が流れ落ちていく。

喧嘩上等、気に入らなければ目上にだろうが意地を突っ張り通す怖いもの知らずな成経が、まさか気圧されてた!?

あんなわたしとそう年が変わらないようなガキに!?

「ありゃあ絶対、将来大物になるぜ。天下を統べる男になるってのもあながち法螺《ほら》じゃなくなるかもな」

「ちょっと会っただけだっていうのに、随分と評価したものね？」

「ここまで鳥肌が立ったのは初めてだ。そりゃ一対一の戦いなら絶対に俺が勝つ……はずなんだが、

存在の格が違うってーのか？　一人の男として勝てる気がまるでしねえ」

　わずか数え九歳で、成経にそこまで言わせるか。

　そしてその評価は、決して間違いではない。

　実際、織田信長は明智光秀の謀反さえなければ、ほぼ間違いなく天下を統べていたのだから。

「武者震いが止まらねえ。先に姫さんに会ってなかったら、思わず仕えたくなってたかもな」

　成経はにぃっと獰猛に口の端を吊り上げる。

　大した惚れこみようである。

　史実でも信長がまだ若くうつけと侮られてた頃から一貫して仕えてたらしいしなぁ。死にざまも信長を守って奮戦して戦死。

　それだけ彼にとっては惹かれるものがあるのだろう。

「後悔してるの、わたしに仕えたこと？」

「ん？　いや別に。姫さんも負けてねえぜ？」

「へえ？」

「前に言ったろ。やべえ臭いがぷんぷんするってな」

「そういや言ってたわねぇ」

　でもわたしのは、ちょっと二一世紀の知識でズルしてる感じのものだしなぁ。

　それを加味しても「負けてない」、か。

　現代知識でチートしても、互角にすぎないわけね。

さすがは織田信長といったところか。

「質は違うけどな。あの若様が項羽《こうう》だとしたら、さしずめ姫さんは劉邦《りゅうほう》ってところだ」

「へえ？」

随分と高くわたしのことも買ってくれたものである。

いまいちピンとは来ないけど、とりあえず有難く受け取っておくか。

こいつのカンってめちゃくちゃ当たるからなぁ。

それに縁起もいいしね。

史実において、劉邦は項羽に何度も負けるけど、最後の最後で勝つのは劉邦なのだから。

＊＊　＊＊

戦いが終わったその日の夕刻、清須城の一室では、信秀と勝家が差し向かいで酒を酌み交わしていた。

「して、俺に何用でしょう？」

コトリと盃を置き、居住まいを正して勝家は問う。

わざわざ戦いが終わって忙しい中、自分一人を呼び出しての密談だ。

重要な任務であろうことは容易に想像ができた。

「うむ、単刀直入に聞くが、つやのことをどう思う？」

「つや姫様のことを、ですか？」

いぶかしげに、勝家はオウム返しする。

なぜ自分に？　と思ったのだ。

所詮、自分は過去に数度、顔を合わせたぐらいだ。

彼女の臣下にでも聞いたほうがよっぽど詳しいことが聞けそうである。

とは言え、聞かれたことには答えねばなるまい。

「あの年であの智謀と胆力。正直、人のそれとはとても思えませぬ。何か人智を超越した神がかり的なものを感じます」

正直に思ったことを言う。

仮にも主君の妹君に対して過ぎた言葉だとは思ったが、どうにも嘘は吐《つ》けぬ性分なのだ。

「そういうことを聞きたかったわけではないのじゃが、いやわしの聞き方が悪かっただけじゃな。そう答えるのが自然か」

「は、はあ」

一人納得する信秀に、勝家はわけがわからず曖昧な相槌を打つしかない。

いったい何が聞きたかったのか？

改めて、先程の信秀の問いを考えてみるが、最初の答え以外は浮かばなかった。

「しかし、人とは思えぬ、か」

苦笑とともに、信秀がボソリと言う。

「不快に思われましたのなら申し訳ございませぬ」

「かまわん、わしも同感じゃからな」

フッと自嘲の笑みをこぼしてから、信秀は再びぐいっと杯をあおる。

そして、ふ～っと大きく息をついてから、

「正直、わしはあやつが怖い。心底恐ろしい」

眉間にしわを寄せ、厳しい表情で吐露する。

「………………」

勝家は何も言えなかった。

信秀の反応は、至極自然なものだったからだ。

人は、常軌《じようき》を逸したものに恐怖と嫌悪を覚える。

勝家自身が、「鬼子」と呼ばれる存在であり、身をもって体験してきたことであった。

「味方であれば、これほど頼もしい者は他におらん。が、それは敵に回せば最強最悪の存在になる、ということだ」

「その通りではありますが、つや姫様にその気はないかと存じます」

つやが織田弾正忠家にもたらした恩恵は凄まじいの一言だ。

その彼女が信秀の敵対勢力に付けば、これほどの脅威はない。

だが、二人は半分とはいえ血を分けた兄妹であるし、勝家が見る限り、仲も悪い風には見えない。

それどころかむしろ親愛の情さえ感じる。

しかも、信秀はつやの働きに報いて、恩賞も景気よく支払っている。

彼女には、信秀を裏切る理由がないのだ。

「それぐらいわかっておる。じゃが、あくまで今のあやつには、だ」

淡々と、しかし寒気のする声で、信秀は言う。

「今の、ということは、将来は変わる、とお思いで？」

「それは男次第であろうな。女は心底好いた男には甲斐甲斐しく尽くすものじゃ」

「……なるほど」

ようやく、勝家は信秀の危惧を理解する。

全ての女性が、とは思わないが、そういう女性が少なくないことは事実だった。

「その男がわしに反旗を翻《ひるがえ》せば、あやつもそれに従う。そんな可能性もなくはなかろう？」

「まあ、それはそうかもしれませぬが……」

なんとも仮定に仮定を重ねた話だとは思った。

そもそも結婚とは家同士を結ぶためのもの、つまり仲良くするために行うものである。

もちろん、妻の実家と矛を交えることになるなどという場合も、この戦国の世なくはないのだが、稀だ。

加えて、その男につやが実家を滅ぼしてもいいとまで思えるほど惚れ込むかどうかも、また未知数である。

勝家からすれば万が一もあるかないかぐらいの可能性だった。

「ゆえに、じゃ。あやつの婿は、わしが全幅の信頼を置ける者でなくてはならん」

「なるほど」

これはもっともな話であった。

万が一の可能性すら排除する。

この用心深さこそが、一国を預かる大名というものなのだろう。

「ふっ、察しが悪いのう。じゃがその武骨さゆえに信じられる」

「は？　まさ、か……」

そこまで言われれば、さすがの勝家もピンときた。

「そのまさかじゃ。この一年、小姓として側に置いて見てきたが、貴様はまさに竹を割ったような気性の男じゃ。二心《ふたごころ》があればすぐにわかる」

「……確かに、腹芸は得意ではありませぬな」

嘘をつこうとすればどうにも言葉がぎこちなくなる。

なんとかついたところで、顔にこそあまり出ないが、おそらく挙動不審になるだろう。

そういう謀《はかりごと》には向いてないのは、自分でもよくわかっていた。

「うむ、そんな貴様だからこそ、つやを任せられる」

「っ！　ありがとうございます！」

勝家は思わず前のめりに、感極まった声で礼を述べる。

もちろん、つやと結婚したかったわけではない。

不世出の傑物であり、その人柄も好ましいと感じているが、つやはまだ八歳の子供である。

勝家が感極まったのは、鬼子とまで呼ばれ、周りから忌避されてきた自分にそこまでの信を置いてくれた。そのことに尽きた。

嬉しさに目頭が熱くなってくる。

家族にまで忌み恐れられた勝家には、生まれて初めての経験だったのだ。

一生この方についていこう。心からそう思った。

と同時に、信に報いるためにも、この方の妹君を心から愛そう、と。

浮気などせず、側室もおかず、つやだけを愛そう、と。

「とは言っても、結婚相手を選ぶ権利は、あやつにある。それがあやつが一番望む褒美じゃったかな」

「はい？」

覚悟を決めたところで、そんなことを言われる。

正直、言っている意味がわからなかった。

これは勝家を責められない。

この時代、結婚とは家の当主同士が決めるものだからだ。

そこに当人の意思が介在する余地などないのが普通だった。

「一度認めてしもうた以上、今さらそれを撤回するわけにもいかぬ。だからなんとしてもあやつを口説き落とせ」

「は、はあ……そう言われましても……」
なんとも返事に困った勝家である。
武芸一筋で、女の扱いなどまったく覚えがない。
ろくに話した記憶もない。
あげく婚約者にも怯え逃げられた始末だ。
そんな自分に、今この尾張で最も注目を集め、相手など選び放題な女性を落とせ?
無理難題もいいところであった。
さりとて、主命は果たさねばならぬ。
ただただ途方に暮れるしかない勝家であった。

第一部終幕 ✲ 天文十一年三月中旬『論功行賞』

清須の戦いからはや一週間が経とうとしていた。

わたしは奪った清須城を速やかに信秀兄さまに明け渡して、早々に下河原の屋敷に帰還してのんびり過ごしていたのだけど、信秀兄さまは戦後処理で色々バタバタしていたみたいである。

そして今日、再びわたしは清須城を訪れていた。

斯波の若君——斯波岩竜丸様の尾張守護襲名、及び信秀兄さまの尾張守護代の襲名式への出席である。

あんまりこんな仰々しいところには来たくはなかったのだけど、立場上、出ないわけにはいかないので仕方がない。

「尾張守護、斯波岩竜丸様に成り代わりまして、ここに織田大和守信秀殿を尾張八郡の守護代に任ずる」

おおよそ五分ほどにも及ぶ礼法に沿ったもったいぶった口上の後、織田達勝殿が宣言する。

蟄居中の身ではあるが、岩竜丸様は御年二歳（満だと一歳）でまだしゃべることもできないので、その代理に最も相応しいだろうとあてがわれたのである。

先代の守護代から言い渡されたほうが、より正統性を誇示できるという目論見もあるだろう。

達勝殿にしてみれば色々屈辱ではあるのだろうが。

「謹んでお引き受け致します」

畳に両拳を突き、信秀兄さまは恭しく頭を下げる。

今この時より、尾張八郡の守護代は織田信秀兄さまになったのである。

元々、織田大和守家は尾張下四郡の守護代で、上四郡は織田伊勢守家が守護代を務めていたのだけど、その伊勢守家当主である織田信安様はまだ数えで九歳と幼く、実際の政務は信秀兄さまの弟、つまりわたしの兄でもある織田信康兄さまが後見人として取り仕切っていた。

つまり、伊勢守家は譜代の家臣たちが多少うるさいものの、すでに信秀兄さまに半ば屈服していた状態であり、丁度いい機会だから半ば強引に、上四郡の守護代の役目も信秀兄さまのものとして統合してしまうことにしたのだ。

下手に対等な家があると、お家騒動の元だしね。

「それでは守護代、ご挨拶を」

「うむ」

達勝殿に促され、信秀兄さまは家臣一同をじっくりと見渡し、

「わしが守護代となり尾張八郡を一つにできたのは、ひとえにここにいる者たちの長年の奉公のおかげである。まずはそのことに心から感謝したい」

「「「わあああああ!!」」」

広間中から喝采が巻き起こる。

中には涙ぐむ者も少なからずいた。

信秀兄さまが織田弾正忠家の家督を継いで一五年近くになる。

その頃から支えてきた者たちも大勢いるはずで、やはり感慨深いものがあるのだろう。

「守護代として、この尾張の平和と発展に全身全霊取り組んでいく所存であるが、応仁の乱に端を発するこの戦乱の世は、終わる気配を見せん。戦火はますます広がるばかりじゃ。我らだけのうのうと平和を謳歌する、と言うのは難しかろう」

祝いの席だというのに、信秀兄さまは厳しい顔で皆に現実を突きつける。

実際、喜んでばかりもいられない状況と言うのは、確かだった。

信秀兄さまの言う通り、史実においても、戦国大名と呼ばれるようになった群雄たちが、近隣諸国を呑み込み勢力を拡大、戦の規模はどんどん大きくなっていく。

それがまだこの後、秀吉が天下を治める一五九〇年まで、約五〇年近くも続くのだ。

平和な時代までまだまだ先は長い。

とは言え、尾張平定は成ったたし、まあ、数年はのんびりできるだろう。

「だが、恐れることはない！　我らには素戔嗚の巫女《みこ》がついておる！」

……はい？

あの、信秀兄さま？

いきなりわたしを指し示さないでほしいんですけど!?

「皆ももう噂ぐらいは聞き及んでいよう。我が尾張に生まれた伏龍鳳雛《ふくりゅうほうすう》のことを！　そして、その噂はまごうことなき真実である！　此度の戦いにおいても、この清須の城をほとんど損害なく奪取せしめたのは、そこのつやの策によるものじゃ！　まさに女孔明よ」

信秀兄さまの言葉に、広間にどよめきが広がる。

「まさか……あのような髪結い前の子どもが……」

「しかし、林殿も絶賛しておったぞ」

「容易には信じられぬが、実際にこうして清須城が我らのものとなっているのは事実」

「ふぅむ、本当に素戔嗚の巫女なのかもしれん」

じろじろと不躾な視線と声に、わたしは顔を強張らせる。

お願いだから、せめて！　せめてっ!!

そういうことをするなら前もって教えておいてください！

皆の視線が痛すぎて、身の置き所がない……。

「つや！」

「……はい」

正直、あまり返事はしたくなかったが、このような場で、この状況で返事をしないわけにもいかない。

せめてもの抵抗で恨みがましい眼を向けるが、信秀兄さまには屁でもないだろう。

ニッと口の端を吊り上げ、続ける。

「此度の働きの褒美として、貴様には中村一一〇〇貫、稲葉地《いなばじ》一二〇〇貫を授ける！」

「っ！」

その言葉に、わたしは思わず息を呑む。

先の下河原、日比津と合わせれば、これでわたしの知行は三五五〇貫。

織田家中において、間違いなく十指に入るであろう高禄である。

二一世紀換算で言えば、年商四億円オーバー！

実収入で二億円超である！　ひえぇぇぇぇ。

「……有難く頂戴致します」

それでも、わたしは内心の狼狽を抑え、恭しく頭を下げる。

前回はいきなりの褒美に驚いたが、今回は襲名式と同時に論功行賞が行われるのは事前通告がなされている。

報酬も確かに凄い高額ではあったけど、まあ想定の範囲内ではあった。

我ながら今回、けっこうな手柄を挙げたと思うしね。

成経、牛一をはじめ、今回の戦で頑張ってくれた家来たちにも、当然、褒美を与えなければならない。

その原資となるものはしっかり頂かねば台所が火の車になってしまう。

桶狭間の戦いで一番手柄をあげた梁田政綱《やなだまさつな》は三〇〇〇貫の知行と沓掛《くつかけ》城を与えられたというし、
決して高すぎるということはないだろう。

「また、貴様をこの清須城代に任ずる」

「……へ？　えええええっ!?」

一瞬、何を言われてるのかわからなかった。

そして理解すると、素っ頓狂な声をあげていた。

いや、だって、仕方ないでしょう。

実際、家臣たちも先程まで以上にどよめいている。

それぐらい有り得ないことだったのだ。

「あ、あの、清須城は守護たる武衛様の居城、この尾張の中心地、政庁ともいうべき場所ですよ!?」

その武衛様こと斯波岩竜丸様は、繰り返すがまだ御年二歳。

当然、政務とかできるはずもなく、つまり、わたしにこの城を治めろ、ということである。

この尾張の支配者が居座るべき城を、である。

意味がわからなかった。

「守護代であらせられる信秀兄さまご自身が城代を務めるのが筋というものでしょう!?」

悲鳴じみたわたしの言葉に、家臣たちもうんうんと頷く。

皆、わたしと同じ感想ということだ。

こんなことを言いだすなんて、いったいどういうつもりなの!?

「貴様の言うこともわからんでもない。が、北の斎藤とは同盟にこぎつけその脅威は薄れた。わしは今後、鳴海《なるみ》城に居を移し、東の松平に備えるつもりじゃ」

あ～……そう言えばそうだった。

信秀兄さまって勝幡城から那古野城へ、那古野城から古渡城へ、といった感じでその時の状況に合わせてころころと居城を変える人だった。

史実通りなら、次は末森城だったはずだが、末森城は敗北続きで求心力を失った信秀兄さまが、尾張防衛のために築くことになる城だ。

尾張を統一しノリに乗ってイケイケな今の信秀兄さまは、より三河に近く攻勢に出やすい鳴海城に居を置くほうが良いと判断したのだろう。

「松平とは、六年前に守山で、昨年も安祥で激戦を繰り広げた仇敵である。近い将来、奴らとは雌雄を決さねばなるまい。さらに東に目を向ければ、遠江《とおとうみ》は元々は武衛様の所領。不当に奪い取った今川からいずれ取り返して差し上げねばな」

にぃぃっと信秀兄さまは犬歯を剝き出しにした猛獣の笑みを浮かべる。

武衛様の為って建前で、それ、信秀兄さまが欲しいだけじゃん！

尾張統一で少しは落ち着くのかなと思ったが、むしろ逆に虎の野心はさらに燃え上がってしまったらしい。

まだまだ戦乱は続きそうである。

とまあ、そんなこんなで、わたし織田つやは、女城主ならぬ女城代となってしまったのだった。

今世は下河原の屋敷で優雅にひっそりとおひとり様ライフを過ごすつもりだったのに、どうしてこうなった!?
ホワイ!?

書籍版書下ろし ✲『追想』

織田つやは天文四年（西暦一五三五年）二月八日、木ノ下城にて生を享けた。

だが、父である織田信定はつやが四歳の頃に病没、母とともに兄である織田信秀に引き取られ、その後は勝幡城で育つこととなる。

天文一六年（一五四七年）、一二歳で髪結い後、美濃斎藤氏との同盟強化の為、斎藤六宿老の一人、日比野清実の下に嫁ぐ。

子を生《な》すことこそなかったが、夫婦仲も決して悪くはなく、時折、夫は戦に駆り出され不安な日々を過ごすこともあったが、概ね平穏な日々を送っていた。

それが急変したのは永禄四年（一五六一年）五月一三日のことだった。

甥の織田信長が美濃に侵攻を開始したのである。

夫である日比野清実の居城、結城城は落城し清実も討死、つやは織田家に連れ戻された。

そして夫との死別の悲しみも癒えぬ中、すぐさま信長の股肱の臣である岩室重休の下に嫁に出されたが、翌月、その新たな夫も小口城の戦いにてこめかみに矢を受け戦死。

二度も夫を戦で失ったつやは縁起が悪いと縁談もなくなり、それからしばらくは夫の菩提を弔っていたのだが……

「叔母上、貴様は遠山家に嫁に行けい」

「突然、呼び出したかと思えば、随分と勝手なことを仰られる」

信長の単刀直入な命令に、つやは思わず不審そうに眉をひそめて返す。

すでに自分は齢三〇を越えている。

到底嫁に行くような年ではない。

それを顔を合わすなり何の前振りもなくでは、今さら何を言い出すのかとつやが思うのも無理ないことであった。

「わたしは夫を二人も戦で亡くした身。こんな不吉な女、先方も嫌がりましょう」

つやは平服し、やんわりと拒否の意を示す。

実際、この戦国の世はとにかく験《げん》を担ぐ。

戦の前には皆、一に打ち鮑、二に勝栗、三に昆布を食べるなどはその表れだ。

なかなか体のいい断り文句だと我ながら思ったものだが、

「貴様の意見など聞いてはおらぬ」

冷たく傲然《ごうぜん》と切り捨てられる。

ゾクゥッ！　と背筋に寒気が疾り、つやの体がすくみあがる。

それも当然と言えば当然か。

織田信長と言えば、父信秀から家督を継承するや、群立していた織田家をわずか数年でまとめ上げ尾張を統一し、桶狭間では攻め込んできた今川家の大軍二五〇〇〇をわずか二〇〇〇で撃破し、総大将である義元までをも討ち取った。

続けて北方の美濃も攻め落とし、足利義昭を奉じて上洛、幕府の再興までしてのけ、今広く天下にその名を轟かせている傑物中の傑物である。

その身にまとう覇気は、鬼気迫るものがある。

決して嫌いというわけではないのだが、一言で言えば、とにかく怖かった。

いつ襲い掛かってくるのか、獲って食われるのか。

腹を空かせた獅子と同じ牢に入れられているような、まさにそんな心境だった。

生きている心地がしない。

「わ、わかりました」

歯をカチカチと鳴らし声を震わせながら、つやは命に従う。

否、従うしかなかった。

とにかく恐怖から逃れたい。

その一心であり、他に何も考えられなかった。

「しかと申しつけたぞ。以上だ。下がれ」

言い捨てるや信長は頬杖を突きつつ、くいっと顎で障子戸を指し示す。

邪魔だからさっさと去れとでも言いたげであった。

その瞳はもうつやを映していない。

その関心はすでに他のことに向けられているようだった。

「は、はい。で、では失礼いたします……」

つやとしてもこの甥と対面していたくないのは一緒である。

逃げるように、そそくさとその場を後にする。

だがつやは数年のうちに、ここで唯々諾々と信長に従ったことを後悔することになる。


「わたしの……せいだ……」

元亀三年(一五七二年)八月一四日。

三人目の夫、遠山景任が逝去し、つやは罪悪感に圧し潰されていた。

結婚した当初は、普通に健康で元気だったのだ。

それが三年も経たぬ内に病で床に臥せるようになり、そのまま一年ほどで帰らぬ人となった。

ここまでくると、さすがに偶然ではない。

自分には死神が憑いているとしかもはや思えなかった。

そしてその数日後。

信長の遣いとして、もう一人の甥、織田信広が一人の子供を連れてつやのいた岩村城に乗り込んでくる。

縁戚関係にある家の当主の死である。

てっきり弔問かと思ったが、まったく違った。

「こちらは信長様《おやかた》の五男、御坊丸殿だ。感謝するが良い。子のおらぬおぬしに養子として御館様が授けてくださったのだ」

「養子？　……っ！」

突然の事に一瞬つやは頭がついていかなかったが、すぐにピンときた。

夫であった遠山景任には子がいない。

そして、遠山家の領地は織田家と武田家の境目の地であり、二家に両属している。

この機会に自らの子を養子にし、遠山家を乗っ取って自分の物にしてしまおうということだろう。

今、信長が北畠家や神戸家にもやっていることである。

もしかしたら、つやを嫁に出したのも、それが理由だったのかもしれない。

そうすれば、つやの死神が、景任を取り殺し早死させてくれるのではないか、と。

自分の親族を送り込む格好の機会を作れるのではないか、と。

（酷い！　わたしは血のつながった叔母だというのに……）

あの甥には血も涙もないのか。

自分を、そして我が子すら政治の道具としてしか見ていない。

この時代で当然と言えば当然の事なのかもしれないが、それでも多少の情けがあってもいいのではなかろうか。

怒りと憎悪と、そしてなにより恐怖が心を覆う。

「ご安心めされよ、叔母上。御坊丸殿が大きくなられるまで、儂が後見人を務めましょう」

とても安心などできなかった。

今後、この岩村城は、信広が城代として取り仕切るということだろう。

そしてそれに関し、つやに選択権などないこともまた明らかだった。

もはや覆るはずもなく、すでに決まっていることなのだ。

つやに出来ることは、流されるままにただ受け入れることだけだった。


後の歴史から見れば。

信長には三つの大きな危機があった。

一つは桶狭間の戦い。

一つは信長の命運を断った本能寺の変。

そしてもう一つが元亀争乱、俗に言えば信長包囲網である。

そしてこの元亀三年こそまさにその真っ只中、最も織田家が窮地に陥った年であった。

甲斐の虎、武田信玄が信長との同盟を破棄し、西上作戦を開始したからである。

「北は浅井・朝倉、西は三好に本願寺、足下の長島にも一向宗の連中。これだけでも厄介極まりないというのに、まさか武田が裏切るとは……甲斐源氏の名も地に堕ちたものよ」

岩村城の大広間では、織田信広が忌々しげに吐き捨てていた。

「まったくです。ただこの状況はまずい。四面楚歌とはこのことかと」

そう返したのは、川尻秀隆。

かつては信長の選りすぐりの側近衆、黒母衣衆の筆頭を務めていた男であり、その戦功著しく、今や勝山城とその周辺十三村を知行とする押しも押されぬ織田家の重臣の一人である。

信長からの信任も厚く、信広など所詮はお飾り。

実質的にこの岩村城を差配しているのがこの男であった。

「至急岐阜城に帰還せよとのことです」

「今は少しでも将兵が欲しいといったところか」

「然り」

「というわけで叔母上、我らはしばし留守にしますが、後のことはお任せ致しましたぞ」

「えっ？」

いきなり話を振られ、つやはキョトンとした声を上げる。

寝耳に水とはまさにこのことだった。

「わ、わたしが、ですか!?」

「ええ。当然でしょう。貴女がこの城の城主なのですから」

「できるわけないでしょう！」

思わず叫ぶ。

いきなりそんなことを言われても無茶だと思った。

確かに夫が亡くなり子も無い今、当主の正妻が家を取り仕切るのはよくあることではある。

だが、当主景任が亡くなるや、信長はいきなり自分の子を当主に据えろと強要し、逆らう者は武力で押さえつけ、蹴散らし、強引に占領したのだ。

当然、家臣たちの不満もくすぶっている。

そんな状態の岩村城を、孤立無援に近い女が一人で切り盛りしろなど無理難題もいいところであった。

「出来る出来ないではなく、するしかないのです。信長様《おやかた》の御命令は絶対なれば」

川尻秀隆がその顔に多少の同情をにじませつつも、冷たく言い切る。

彼らもまた信長には逆らえないのだ。

そして信広勢が岩村城から去って一ヶ月は何事もなく過ぎたが……

元亀三年一一月。

秋山虎繁率いる武田別動隊三〇〇〇が岩村城への侵攻を開始し、瞬く間に包囲されることとなる。

織田家の強引な占領に反感を抱いていた家臣たちも次々と離反し、つやは瞬く間に窮地に陥ってしまう。

当然、つやは信長に救援要請を送るも、諸戦で忙しいその時の織田家には、岩村城救援に回せる余力はなく、待てど暮らせど後詰めは来なかった。

だが、つやにそんなことはわからない。

本拠である岐阜城は、岩村城からすぐ目と鼻の先にあるのだ。

なのになぜ!?　と疑念がうずまく。

そんな中敵方から一通の書状が届く。

『おつやの方、女ながらに戦場に立ち兵を鼓舞する貴女の姿を一目見て、心底惚れ申した。我が妻となってもらいたい。さすれば領民、城兵、養子であられる御坊丸殿の命、全て保証致しましょう』


初陣で右も左もわからない状況。

しかも追い詰めに追い詰められた彼女にとって、その誘いはまさしく一条の光であった。

遠山の家臣たちを、兵を、領民を救うには、武田の軍門に降るしか道はない。

当時の彼女にはそうとしか思えなかったのだ。

そして、後に自分は浅はかだったと強く後悔することになる。

この決断が結果的には、救いたかったはずの人々の命を逆に奪う選択になったのだから。


元亀四年（一五七三年）二月下旬。

一緒に武田に降った織田忠寛を仲人に、つやは秋山虎繁と祝言を挙げた。

世間からは岩村城を武田家の支配下に置くための政略結婚と見られたものだが、虎繁はつやを愛してはくれていたと思う。

武田の猛牛の名に相応しく、また戦場の武勲で出世してきた者らしく、とても粗暴で高圧的で支配的な男ではあったが、それでもつやのことを大切に思ってはくれていたように思う。

物心つく前に父母と死に別れ、誰からの愛情も受けずに育ったつやにとっては、その過剰なまでの執着は、どこか心地好さもあったのだ。

転生後に、それはどこか共依存的なものでしかなかったと自嘲するものであったとしても、だ。

なにより、初めて子宝に恵まれた。

目の中にいれても痛くないほどに、かわいかった。

ずっとこのまま家族で穏やかに暮らせたら、そう願い続けた。

だが、そのささやかな願いを打ち砕いたのは、奇しくもまた信長だった。

天正三年（一五七五年）一一月、信長の命を受けたその嫡男、織田信忠が虎繁とつやの居る岩村城に攻撃を仕掛けてきたのだ。

その戦いは苛烈を極めた。

半年以上前から岩村城は武田家からの補給を断たれ兵糧に乏しく、虎繁は乾坤一擲《けんこんいってき》の夜討ちを仕掛けるも、惨敗。

つやに付き従ってくれた岩村遠山家の一族郎党の大半、そして城兵三〇〇〇の内一一〇〇名が討ち死する有様だった。

「事ここに至ってはもはや是非もなし。もはや降伏するしかあるまい」

虎繁は憔悴しきった様子で言う。

その身体には無数のさらしが巻かれ、痛々しく血がにじみ、激戦を思わせた。

残った城兵たち二〇〇〇も、負傷していない者はほとんどおらず、そして三分の一以上を失う大敗にすっかり戦意喪失していた。

確かにこれではもう、戦いを継続するなど到底不可能であった。

「そう、ですね。わたしの方からも貴方の助命を嘆願致しましょう」

つやも重々しい顔で頷く。

数年ぶりに会う甥が、正直怖くないと言えば嘘になる。

思い出すだけで、体が震えあがるほどだ。

だが一方で、信長は身内に対して情深いところがあるのもまた事実だった。

庶兄信広の謀反を赦したし、同腹の弟信行のことも一度は赦している。だから誠意を尽くして心からお願いすれば、夫のことも助けてくれる。

そのかすかな希望につやはすがり、そして、それは意外なことに受け入れられた。

「なんだかんだ言って優しいところもあるのね」

あるいは、岩村城の後詰めを行わなかったことに、信長にも多少の罪悪感があったのかもしれない。

そう呑気なことを、この時は思っていた。

夫と二人、助命してくれたことへの感謝を岐阜城へと告げに行き、

「なぜ!?　降伏すれば命だけは助けてくださると！」

「やかましい！　この織田家に仇為す疫病神が！　死んでその罪を償え！」

つやと虎繁は捕縛され、怒り狂った信長に烈火のごとき叱責を食らうこととなる。

どうやら敵である秋山虎繁と結婚し夫婦となったことが、許せないらしかった。

じゃああの時、自分はいったいどうすればよかったのか。

その答えを見出《みいだ》せぬまま、つやは逆さ磔の刑によってその生を終えることとなる。

「ほんと、流されてばっかりの人生だったわね」

二〇二五年八月一五日、高尾瑠璃は岩村城跡の石垣を見上げていた。

すでに建物と思しきものは影も形もなく、草木も生い茂り、当時の面影はほとんど残っていない。

それでも彼女は毎年、出来る限りお盆にこの地を訪れていた。

ここころが、彼女の前世であるつやが犯した罪の象徴だからだ。

前世の記憶を取り戻してから、瑠璃は当時の歴史資料を調べ回った。

自分の死後、残った家臣たちがどうなったのか、知りたかったのだ。

結果は全く救いのないものだった。

岩村城に籠城していた武田家の者たちは、甲斐や信濃に戻る途中を待ち伏せされ一人残らず殺された。

岩村遠山家の一族郎党も、討死するか、自刃するか、焼き殺されるかで、全員死に絶えた。

「ごめんなさい」

謝って済む話ではないのは百も承知だが、それでも謝らずにはいられなかった。

「本当にあの時のわたしは、ただ流されているだけの弱い人間だった……」

今さら悔いたところで、過去が変わるわけでもない。彼らが蘇るわけでもない。

それでもどうしても考えてしまう。

あの時、虎繁の申し出を蹴っていれば、と。

三ヶ月は余裕で耐え抜く兵糧はあった。

そしてつやが降伏した一月半後に、織田・徳川の連合軍が、岩村城奪還に動いている。

つやが籠城のプレッシャーに心折れさえしなければ、岩村城は十分守り通すことができていたということだ。

あるいはもっと以前。

自分の意志をしっかり持ち、尼にでもなんでもなって遠山家への婚姻を拒否していれば、一族郎党、城兵に至るまで、無惨に殺されることはなかったはずなのだ。

「ほんと……我ながら後悔しかない人生だったわ……」

なんと弱い人間だったのだろう。

自分で自分が、嫌になる。

だからこそ、毎年ここで固く誓うのだ。

今生《こんじょう》は、後悔しない人生を送る、と。

他人に流されることなく、自分の人生は自分で決める、と。

そして前世で自分の愚かさで殺してしまった人々の分、世の為人の為に動こう、と。

もちろん、全部人の為とかじゃどうせ続かないから、自分の人生もめいっぱい楽しむ。

その為に色々勉強したし、経験も積んだ。

つやだった頃とは比べ物にならないぐらい、出来ることは増えたと思う。

自分一人なら余裕で生きていける、困っている人たちにもその余剰分で救いの手を差し伸べられるだけの力が付いたと思う。

そんな自分が、瑠璃は嫌いではない。

心に深く刺さったトゲは抜けないが、おおむね充実した時を送っていた。

だが、何の運命の悪戯か。

田舎への帰り道、雪で滑ったトラックが対向車線から突っ込んできて――

彼女は再び、戦国時代に舞い戻ることとなる。

あとがき

はじめまして！　小鳥遊真と申します。

この度、第六回アース・スター大賞で入選した新人です。

……なんてのは大ウソで、別ＰＮ「鷹山誠一」名義で今年十五年目の人間だったりします。小鳥遊真は女性主人公作品のＰＮになります。

以後、お見知りおきを！

本作は、現代から転生した幼女が、戦国時代を舞台に現代知識や人生経験を活かして大活躍するエンタメ小説です。

あえて歴史考証を無視している部分も多々あります。

ネットゲームなどでは、ベテランが初心者を弾いていると、そのゲームは衰退します。

本作はよりカジュアルにライトに、歴史に興味ない人も楽しめ、歴史も好きになってくれれば、という想いで書きました。

時代考証的におかしい！　と言う部分もままあるでしょうが、エンタメと言うことで一つお許しいただければ幸いです。

さて、前置きはこれぐらいにして。

表紙イラスト、めちゃくちゃ素晴らしくないですか!?

いやもう、この完成稿見た時、想像をはるかに超える出来に打ち震えたものです。

「凜々しく、賢く、華やかに！」

という僕のオーダーに、月戸さんがもう完璧に応えてくださいました！

挿絵も丁寧で、かつキャラクターをよくつかんだ表情ばかりで、読み込んでくださっているのがよくわかります！　ありがたやありがたや！

そしてもう一人、担当さん！

視覚的イメージ力の弱い僕に代わり、色々アイディアをお出ししてくださいました。

そのコンセプトワーク能力とセンス、そして作品制作にかける想いにはただただ脱帽です。

地図や、つやの屋敷の間取り、その他いろいろ、本作の為に骨を折ってくださり、本当に足を向けて眠れません。

このお二人のおかげで、本作はめちゃくちゃ楽しくお仕事させて頂きました。

改めて、心より御礼申し上げます。

小鳥遊真

小説家になろう
第8回
アース・スターノベル大賞
※小説家になろうは、
株式会社ヒナプロジェクトの登録商標です。
※第8回アース・スターノベル大賞は
アース・スターノベル、アース・スター ルナと
小説家になろうの合同企画です。
詳細はこちら▷
©HIROKAZU

EARTH STAR
NOVEL

織田家の悪役令嬢　一
～今世はのんびり過ごすはずがなぜか『女孔明』と呼ばれてます～

発行 ―――――――― 2025年3月14日　初版第1刷発行

著者 ―――――――― 小鳥遊真

イラストレーター ―――― 月戸

装丁デザイン ――――― AFTERGLOW

地図デザイン ――――― おぐし篤

発行者 ――――――― 幕内和博

編集 ―――――――― 川井月

発行所 ――――――― 株式会社アース・スター エンターテイメント
〒141-0021　東京都品川区上大崎3-1-1
目黒セントラルスクエア　7F
TEL：03-5561-7630
FAX：03-5561-7632

印刷・製本 ――――― 中央精版印刷株式会社

ISBN 978-4-8030-2093-9

つや
「なんでまたつやになってるのよっ!?」
普通に大学を出て、普通にOLとして働いて、
歴女として充実したおひとり様ライフを
送っていたのだが……
気が付くと、また戦国時代に舞い戻っていた。
ホワイ!?
「……別に怒ってない」

「逆賊！　織田信友おっ!!」
「さあ、いざ尋常に勝負なさいっ！」

柴田勝家
「指図するつもりはありません。ただの忠告です」
太田牛一
「なんでてめえなんかに指図されなきゃなんねえんだよ？」
佐々成経

「こちらに気づいたのなら、好都合ね。
じゃあここらで一発かましてあげるとしますか」
そういってわたしが口を寄せたのは、
長さ一メートルはあろうかという円錐型の青銅製の筒である。
さすがに幼児に持ち上げられる重さではないので支え付き。
戦場では声を張り上げることはしばしばあるが、
さすがに肉声で大声を張り上げてたら喉が潰れるので、
加藤順盛さん経由で鋳物師に作ってもらっておいた青銅製のメガホンである。
備えあれば憂いなし、だ。
「みんなー、一応、耳ふさいでてねー」

清須の戦い
佐々成宗

「おぬし、何者じゃ？
つやではあるまい？」
織田信秀
「貴様ごときが
父上の時間を奪うな！」
吉法師